efeito lilith

efeito lilith

maína mello

TORDSILHAS

a transgressora original

É só agora, no início do século XXI, no limiar da Era de Aquário, que a verdadeira primeira mulher bíblica, aquela que fugiu do Paraíso, está conquistando sua liberdade social, recuperando o seu *status* e sendo reintegrada em nosso psiquismo. Foi a partir da Lua de Sangue em 2015, eclipse lunar em Áries que envolveu a Lilith astrológica, que o movimento feminista viveu sua terceira grande onda em todo o mundo. É só agora que podemos olhar para esse princípio feminino demoníaco, independente, insubmisso e transgressor chamado Lilith como uma força de evolução.

Lilith já existia antes da Bíblia, é um dos mitos ocidentais mais antigos. Suas origens ocultam-se no tempo: ela surgiu do caos. Até hoje se esquiva ao nosso conhecimento, como o mistério que ela representa.

Demônio feminino de longos cabelos, Lilith é um espírito livre. Uma força, instinto, poder. Acredita-se que sua origem seja suméria, um dos povos que viveram na Mesopotâmia, região hoje chamada de Oriente Médio.

A Mesopotâmia foi o berço da civilização ocidental. Estamos falando de um processo que remonta até a 10 mil a.C. Ao redor dos rios Tigre e Eufrates, território conhecido como Crescente Fértil, os seres humanos se assentaram, dominaram a agricultura, desenvolveram a escrita e construíram as primeiras cidades. Nessa época ocorreu a transição para o patriarcado. Além dos sumérios, na região também viveram o povo caldeu, que foram os primeiros astrônomos e astrólogos, e os impérios Acadiano, Babilônico e Assírio. Nesse caldeirão cultural, nasceu a cultura judaico-cristã.

Mas antes, no mundo antigo, viviam diversas tribos matrifocais e politeístas, ou seja, centradas na figura materna e que cultuavam deuses diversos. Os deuses pagãos eram ligados à natureza e tinham cada um sua própria luz e sombra, assim como os seres humanos, cheios de defeitos e virtudes — à diferença de que os deuses tinham superpoderes. O símbolo da Serpente era a representação mais comum da Deusa, e também no Egito era um emblema da vida e da morte. Já na mitologia suméria havia histórias sobre a criação, inundação, o Jardim do Paraíso, a queda e a busca da imortalidade. Os temas da Árvore da Vida, da Árvore do Conhecimento do Bem e do Mal e da desobediência já estavam presentes de alguma forma.

Mais do que a sexualidade, a Serpente tinha conexões com o Sol e com a Lua, com masculino e feminino. Por hibernar no inverno, acordar na primavera e trocar de pele, ela era um símbolo de renascimento. A imagem da serpente mordendo sua própria cauda, o *Ourobóros,* representa o poder de regeneração, ciclo infinito e imortal. Mas a mais importante das características da Serpente era a sua natureza dual, tanto para o Bem como para o Mal. Nas religiões em que seu simbolismo aparecia, vida e morte estavam integradas, tudo passava pelo processo de criação e destruição, cada fase com sua beleza e tragédia.

Durante a transição para o patriarcado, Lilith apareceu como um súcubo, uma classe de demônios femininos que vampirizava os homens durante o sono. O nome Lilith vem de uma palavra suméria que significa espírito do vento — "lilitu" ou simplesmente "lili". Ela apareceu sob muitos nomes e formas dentro desse mesmo espírito e era associada à coruja, o pássaro da noite. Na Epopeia de Gilgamesh (2 mil a.C.), o herói, que foi um rei sumério, feriu a Serpente que residia na Árvore da Vida da deusa Inanna do amor, do erotismo e da fertilidade, e o demônio feminino fugiu para "lugares selvagens e inabitados". "Lilitu" também é descrita como uma prostituta no Templo de Ishtar, que é a versão babilônia de Inanna. Um poema de 3 mil a.C. intitulado *Lilitu* narra como nenhum homem mortal poderia provar seu beijo e viver, e começa com:

"Antes de as estrelas nascerem
Antes de os povos construírem grandes cidades
A grande montanha do Paraíso se abalou
E sangrou sangue de fogo
Quando deu à luz Lilith."

A única referência sobre Lilith que encontramos na Bíblia Hebraica aparece em Isaías, na passagem abaixo:

"E as feras do deserto se encontrarão com hienas; e o sátiro clamará ao seu companheiro; e Lilith pousará ali, e achará lugar de repouso para si. Ali fará a coruja o seu ninho, e porá os seus ovos, e aninhará os seus filhotes, e os recolherá debaixo da sua sombra; também ali se ajuntarão os abutres, cada fêmea com o seu companheiro." (Isaías 34:14,15)

A maioria dos relatos sobre Lilith a que temos acesso hoje estão nos livros judaicos que comentam as Escrituras Sagradas, já que Lilith não figura mais na Bíblia como mulher de Adão. Por isso, já não sabemos exatamente como era essa gênese. O primeiro a citar essa passagem foi o Alfabeto de Ben-Sirá, escrito entre 600 e 1.000 d.C., um texto medieval anônimo que é uma paródia, provavelmente composta por rabinos, e que possivelmente foi a responsável por propagar sua versão mais popular e luxuriosa. Mas a maioria dos comentários rabínicos estão no Zohar, o Livro do Esplendor, uma obra cabalística do século XIII. Lilith é seu nome judaico, significa "noturna", e esses sacerdotes estavam preocupados em proteger os homens de seus poderes sedutores e provocadores de sonhos eróticos e orgasmos noturnos. Às mulheres, sugeriam que usassem amuletos sob risco de que Lilith matasse seus filhos recém-nascidos.

Com o judaísmo, os antigos deuses foram substituídos pelo Deus Pai Todo-Poderoso. Temos que compreender o contexto político da época: a necessidade de Israel reunir suas tribos sob uma autoridade maior que a do rei para mantê-los sempre unidos em meio às guerras. Os primeiros hebreus lutaram arduamente contra a monarquia. A fuga da escravidão do Egito é um exemplo de como seu Deus único era mais poderoso que os locais e concedia Seus favores a quem seguisse Suas regras e ordens. A unificação política só foi conquistada a partir de uma reforma dramática das práticas religiosas e da organização da vida social desses povos. Os hebreus romperam com o ciclo da natureza para uma forma religiosa mais abstrata baseada na experiência histórica. Seu Deus os tornou o Povo Escolhido e lhes deu uma Terra Prometida, a qual manteriam desde que obedecessem aos Dez Mandamentos.

Como a primeira mulher de Adão, criada antes de Eva, Lilith também foi feita do barro e insuflada à vida pelo sopro de Deus, assim como seu companheiro, mas se rebelou contra a dominação deste, que não a reconhecia como igual, e questionou por que deveria ficar sempre embaixo durante o sexo. Diante da recusa de Adão em atender a sua reivindicação, ela preferiu ir embora do Paraíso a se submeter. Pronunciou o Nome Inefável de Deus (tão sagrado que não podia ser pronunciado) e voou para uma caverna no Mar Vermelho, onde teria retornado à sua condição demoníaca e vivido livre.

Há relatos e interpretações rabínicas diferentes e contraditórias sobre essa passagem. Em alguns, diz-se que Adão reclamou com Deus que sua companheira havia partido, e o Pai enviou três anjos para trazê-la de volta, mas ela se recusou. Por isso, teria sido condenada a perder cem filhos por dia. No caminho para o Mar Vermelho, ela teria encontrado e acasalado com Samael, o anjo caído. Outra versão diz que ela foi afogada pelos anjos.

Em todo caso, Lilith deixou o Paraíso porque quis, o que a torna a transgressora original. Há relatos de que ela teria retornado ao Paraíso na forma da Serpente que tentou Eva a comer o fruto proibido.

Mas quem era a Serpente e o que significava a Árvore do Conhecimento do Bem e do Mal antes do judaísmo, senão a própria Deusa em sua infinita sabedoria sobre o ciclo de vida e morte? Hoje, estudiosos sobre o tema concordam que a narrativa da gênese pode ter sido a forma de acabar de vez com o paganismo e o culto da Serpente ao apresentá-la como a tentação do Mal, e transformar uma mulher, Eva, nome que significa "mãe de todos os viventes", naquela que traz a morte para o mundo. O incipiente patriarcado já obtinha sucesso nessa intenção havia milênios ao apresentar Lilith como um demônio. Mas, se na gênese ela reivindicou sua igualdade sexual, não poderia ser Lilith não um demônio mas um poder feminino reclamando seu lugar de direito? Não teria sido Lilith caluniada durante todos esses milênios?

Com a moralidade judaico-cristã, Lilith foi excluída da Bíblia, suprimida da História e reprimida na psique coletiva. Durante toda a Era de Peixes — que começou por volta do ano zero que marca o nascimento de Jesus e que está agora na transição para a Era de Aquário, conforme citado anteriormente — marcada pela dominação religiosa que se contrapôs à espiritualidade natural, Lilith se tornou uma estranha para nós. Sua insubordinação, aos olhos misóginos, era perigosa demais para inspirar as mulheres no pecado. Lilith se escondeu nas profundezas do inconsciente coletivo.

Mas muitas mulheres míticas da história reviveram o arquétipo de Lilith para nós, em toda a sua luz e sombra, em manifestações como a fêmea do Leviatã, a mulher do Diabo, a rainha de Sabá e as bruxas, feiticeiras e magas de seus tempos, todas perseguidas pelas inquisições mundo afora.

O registro mais antigo que supostamente temos de Lilith é um amuleto de proteção encontrado em 1933 em Aslan Tash, no nordeste da Síria (e que agora pertence ao Museu Nacional de Aleppo), que data entre 7 e 6 mil a.C. Nele constam inscrições mágicas que se referem à imagem de uma esfinge como uma "demônia que voa em um quarto escuro, Lili". Do outro lado do amuleto aparece uma figura masculina portando um machado, a quem se roga que "seu útero seja aberto e ela dê à luz, que o sol se eleve".

Pouco antes desse amuleto ser encontrado, em 1924 foi descoberta no sul do Iraque uma tábua de terracota com a imagem de uma mulher dotada de asas e garras de pássaro, cabelos trançados como serpentes em formato de pirâmide, cercada por duas corujas e duas leoas. Estima-se que essa relíquia, que ficou conhecida como Relevo de Burney (em referência ao antiquário inglês Sidney Burney, que a revelou ao público) ou Rainha da Noite depois que foi comprada pelo Museu Britânico, seja de cerca de 1.800 a.C., mas por não ter sido arqueologicamente escavada não se sabe ao certo sua origem, nem a que se destinava.

Até que em 1930 ela conquistou seu lugar no céu e ressurgiu na astrologia ocidental como Lilith, a Lua Negra. Foi Dom Néroman, fundador do Colégio Astrológico da França, quem descobriu e nomeou Lilith, que não é um corpo celeste, já que não possui massa, mas um ponto focal vago na órbita da Lua ao redor da Terra. Explico: a órbita da Lua é elíptica, e uma elipse tem dois centros em vez de um, como em um círculo perfeito. Em um desses centros está a Terra, o outro é Lilith. Mesmo sendo imaterial, há nesse ponto, que sustenta a órbita lunar junto com a Terra, um intenso magnetismo que nos religa a essa força de vida-morte-vida chamada libido.

É assim que funciona na astrologia: quando um novo elemento é descoberto no céu, é porque o fluxo dessa energia está se intensificando na Terra, a ponto de provocar mudanças na humanidade. Ou seja, essa energia está chegando à nossa consciência. Então os astrólogos observam o que está acontecendo no mundo para entender o que representa essa energia. Por exemplo, o planeta Plutão, também descoberto em 1930, e que recebeu o nome do deus do submundo dos mortos na mitologia romana (Hades para os gregos). Entendeu-se não ser coincidência que ele assim fosse nomeado pelos astrônomos, e que a energia de Plutão passava pelos nossos processos inconscientes, a que chamamos de sombra. Plutão, um planeta de profundas transformações, é a energia nuclear que estava sendo desenvolvida e se relacionava com a bomba atômica. Em nossa vida, ele também revela o que está oculto, quebra resistências e provoca grandes mudanças, que muitas vezes passam pelas perdas, o que nos aproxima da essência das coisas.

Voltando à Lilith, que foi descoberta no mesmo ano que Plutão mas não teve a mesma repercussão, afinal não se tratava de um planeta — e ainda recebeu justamente esse nome tão polêmico. Não é coincidência que, no momento em que Lilith ressurgiu, o movimento feminista ganhou força. Eram anos de guerra e, com os homens fora de casa, as mulheres começaram a se mobilizar para reivindicar seus direitos sociais. Lilith exige igualdade após milênios de negação e abusos. Como uma entidade que vem das entranhas da Terra, ela está morrendo de raiva, o que é natural se você pensar em tudo o que nós mulheres sofremos com o investimento masculino sistemático, através do mito e da religião, para nos desempoderar, com a total conivência das instâncias econômicas, políticas e sociais com a agressão, traição, abandono, inferiorização, escravidão, difamação, assassinato. Tanta dor, tanto ressentimento.

Lilith assumiu uma identidade demonizada na gênese do mundo ocidental porque seus criadores desejavam "educar", "controlar" e "governar". Seu poder foi pervertido e por isso ela chegou para nós como uma sombra, ou seja, pelo lado escuro do inconsciente coletivo. A consciência da repressão gera revolta. Como uma bomba prestes a explodir na cara de uma sociedade atraída pelo poder do ego, o poder masculino, mental e dominador que está na base do patriarcado, Lilith se insubordina mais uma vez para recuperar seu poder criativo. Ao romper com a ordem vigente, ela instaura uma nova. A Lilith hebraica é uma força transgressora. A transgressão é o princípio da evolução da alma. Lilith é muito rica em conteúdos que ensinam como o medo, a obediência, a transgressão, a punição e a revolta fazem parte de um jogo de poder. Mas o poder só se sustenta enquanto as pessoas alimentam as ilusões que ele cria.

Para mim, ficou mais clara a essência serpentina de Lilith como Mãe Divina de Todas as Formas Criadas por ser A Precursora no nosso Universo quando conheci a Deusa tântrica Lalita Devi, contemporânea de Lilith, pois faz parte da cosmologia védica do hinduísmo, que surgiu como sistema religioso por volta de 3.500 a.C. no Vale do Indo, ao norte da Índia. Em sânscrito, Lalita significa "jogadora, brincalhona, graça". O tantra, mais do que as práticas sexuais que chegaram ao Ocidente, é uma prática espiritual que busca alcançar o estado transcendental dos princípios masculino e feminino em sua propagação ao infinito, chamado de União Mística. O tantra não é uma religião. Sabemos que uma civilização matriarcal que habitava o Vale do Indo, na qual o tantra floresceu, a Harappa, manteve ligações comerciais com a Mesopotâmia, embora não tenhamos registros de conexão direta entre Lalita e Lilith. Mas esses nomes conhecidos da grande Deusa — Lalita, Lila, Lilitu, Lilith — são definições limitadas de Seus Espelhos, como fractais para Sua manifestação. Dentro do Seu Espectro de Consciência, há uma miríade de seres e deuses em suas frequências de luz e sombra. Com Lalita, entendi que Lilith está em busca de recuperar a fonte do verdadeiro poder aqui na Terra — a Kundalini, a energia da serpente localizada na base da coluna vertebral, que, quando desperta, ascende por todos os chacras coronários, religando a Terra ao Céu.

Enquanto mulheres e homens não recuperarem a Kundalini, continuaremos a viver uma guerra entre os sexos. Lilith desconstrói a ilusão do poder porque Ela precisa abrir em nós uma trilha que nos leve de volta ao coração e aos valores do amor, da verdade e da equidade. Lilith é a Deusa da Liberdade! É um recurso que temos para salvar nosso feminino da dominação patriarcal. Por isso, Ela vem incorporando em cada uma de nós à sua maneira, para transformar a sombra que foi projetada sobre Ela em luz, no que aqui chamamos de Efeito Lilith.

— Eu sei que você está aí abra a porta!

A campainha soou estridente, tentei fingir que não estava em casa, as luzes apagadas e o silêncio. Lá fora, raios e trovões.

O céu estava girando, parecia que eu ia cair num buraco negro. O ar ficava cada vez mais gelado, mas por dentro eu ardia nas chamas de uma fogueira. Sob os meus pés sentia a vertigem desse encontro titânico.

— Eu sei que você está aí, abra!

Temia que você arrombasse a porta com a violência das batidas. Pá-pá-pá e a vizinhança inteira acordaria. Permaneci imóvel, sem respirar. Com a tensão pairando no ar, você parou por um momento; então arranhou a madeira com suas garras, um som tão agudo que contorceu minhas vísceras — mas sua voz soou mais suave.

— Por favor, abra pra mim.

E me encostei na porta pelo lado de dentro como se estivesse me encostando em você, seus sussurros "eu sei que você está aí, por favor, abra" ecoavam fundo e roubavam minha consciência, "abra pra mim" você dizia e eu ouvia sua respiração, as batidas do seu coração.

Tentei me conter, mas minha mão deslizou pela porta como se deslizasse em seu peito e em mim despertou o desejo.

Como eu te queria mas não queria, como eu te queria mas não te podia, como isso era muito errado e não deveria acontecer.

Um momento de suspensão sem fôlego antes da continuidade do primeiro ato.

Minha mão deslizou até a maçaneta e a girou.

Então, você escancarou a porta e num só fôlego me tomou de assalto, me envolveu em seus braços e me prendeu junto a si, olhos nos olhos até que toda dissimulação fosse desmascarada. Tomada pelo instinto de sobrevivência ainda tentei resistir e me debati — acho — porque foi tudo tão rápido, você me imobilizou, colou seus lábios nos meus e com um beijo me sugou o ar.

Você me roubou um beijo e me engoliu de uma só vez e tanto que não senti mais as pernas e cambaleei, você me apertou ainda mais num abraço que não tive como evitar — queria? — e me deixei.

Dissolvi-me, a pouca consciência que restava se apagou — por quanto tempo?

Em um segundo respirávamos juntos, nossos corações pulsavam no mesmo ritmo que rugiam os tambores dos terreiros, na velocidade das minhas patas galopando poeira de estrelas enquanto você me agarrava pela nuca e puxava os meus cabelos e eu me sentia girar...

A porta aberta e você me conduzindo em seu abraço pra dentro de casa, minha casa, para o meu quarto escuro onde eu estava deitada até poucos segundos antes sem conseguir dormir, pensando em você.

Isso é um abuso da sua parte! Vir assim à minha casa sem ter sido convidado, mesmo eu tendo desligado o telefone, não, eu não vou mais discutir!

Isso é um abuso! Você ousar fazer o que eu não quero, me obrigar a fazer o que eu não quero, "você quer, sim", "não, eu não quero", "quer, sim", "não, eu não quero", *pow*, telefone desligado.

Coração na mão e arrependimento, está feito, é o que é certo.

Eu deitada na cama pensando no quanto eu queria, mas não podia, e aí você chega e me toma de assalto, mãos ao alto!

Você me jogou na cama com brutalidade e veio por cima, segurou meus pulsos, se enlaçou em minhas pernas, mas tudo bem, porque eu já não queria mais me soltar, arrancou a camisa sem se desprender de mim, rasgou a camisola, as luzes apagadas, respiros e gemidos.

Abriu o cinto e arrancou a calça e não teve mais trabalho pra me despir porque eu estava sem calcinha, o meu corpo que esperava e provocava, o meu corpo que esperava o seu.

E recebeu.

Alguma estranha força em mim ainda tentou resistir à sua dominação, algum instinto de fêmea ultrajada por uma potência arrogante, a força ainda tentava se impor enquanto você me lambia e arranhava sua barba no meu pescoço e me acariciava com mãos ásperas e enfiava os dedos longos em todos os meus orifícios e tudo machucava, meu corpo estalando de eletricidade por muitas partes desencontradas, mas afinal tudo fazia sentido, eu estava sendo domada e o quão maravilhoso era isso?

E porque até o último minuto eu resisti porque a resistência aumentava a (sua? minha?) potência e até o último minuto você se sobrepôs e havia sangue, você gemia de dor e prazer e eu gemia nem sei mais por quê.

E de repente gritava porque é como o corpo reage quando é possuído com fúria.

Eu pensava nele, você vagava em seus pensamentos.

Deitados na cama lado a lado, nus e extasiados, olhando para o teto em silêncio nós ficamos — por quanto tempo?

Eu pensava nele; você fumava um cigarro e exalava uma nuvem de fantasmas.

Mas, por mais que tentasse, eu não conseguia me sentir culpada.

Tentei evitar nosso encontro, juro que tentei, mas você não deixou.

Não consegui controlar. Eu ainda não sabia o que fazer com essa falta de controle. Foi bom. Com você. Daquele jeito.

Eu ainda não sabia que, por mais que tentasse, dali em diante jamais conseguiria resistir novamente a você.

As reviravoltas que um eclipse dá na vida da gente. O obscurecimento da luz revela o que não pode ser ignorado. O dia em que Plutão descobriu o que eu nem sabia que existia no meu mapa e nossos universos colidiram como um *big bang*.

Sozinha em casa, andando em círculos, apenas as luzes dos abajures acesas, meia-luz, assim como eu gosto.

Sentei na penteadeira em preparação para deitar e me olhei no espelho.

Eu me olhei no espelho e me reconheci como se fosse a primeira vez, como se eu fosse um bebê que descobre seu próprio reflexo.

Só que eu não era mais um bebê, eu era uma mulher.

O rosto vibrava o prazer de ser, nos olhos um brilho quase perverso.

Sentada na penteadeira como faziam as mulheres do passado, mulher tradicional que sou, massageei os cabelos compridos lentamente, o couro cabeludo reverberando cada escovada.

Os olhos me absorvendo através do espelho.

O robe de seda se abriu suavemente, deixando um pedaço de colo à mostra.

O colo, eu quero o meu colo.

Desatei o laço que amarrava o robe, abrindo-o com a ternura e a curiosidade de quem abre uma caixa de joias que acabou de ganhar de presente.

Exibi o corpo nu para o espelho enquanto o contemplava com aquela centelha nos olhos.

Com as mãos em taça, segurei os seios e imaginei-os vertendo vinho.

Deleitei-me com seu sabor enquanto minhas mãos desciam pelo abdômen, firmes no toque das curvas sinuosas por onde me perdi com você dentro de mim.

Por onde você se perdeu comigo dentro de você.

Minhas mãos descendo de encontro ao sexo, palmo a palma descobrindo um território desconhecido.

Enorme foi a minha surpresa ao constatar que continuava inchada, como se sua língua tivesse deixado sua marca, como se dali pra sempre eu estivesse pronta pra ser explorada.

Um pequeno movimento com os dedos para dentro de mim e estava de volta à cama e à cena do arrombamento consentido.

Um segredo que eu guardaria pra sempre comigo.

Andando pela rua angustiada, passos lentos e braços cruzados. Estaria pronta pra encontrar você, o meu namorado, depois de tudo o que fiz?

Eu já não era mais a mesma. Mas você ainda era o mesmo... E se você percebesse que eu já não era a mesma?

E se sentisse o cheiro de outro homem na minha pele?

Respirei fundo tentando me acalmar, tentando controlar a ansiedade. Porque até nos encontrarmos e eu poder respirar despreocupada, tudo o que eu podia fazer era fingir.

E eu sempre fui uma péssima atriz.

Sempre posso me entregar a qualquer descuido.

Isso significava que eu teria que viver — com você — num estado de tensão permanente. Que eu teria que viver antecipando cada passo pra não dar um em falso.

Quem consegue viver preventivamente? A cada dia a preocupação de viver amanhã, a cada segundo nos aproximamos mais da morte.

E, mesmo com toda a precaução, a morte sempre chega.

Mas, quando me deparei com o seu sorriso, a angústia se dissolveu e pulei em seus braços com a saudade de quem reencontra o ser amado depois de uma longa viagem.

O seu abraço, ah o seu abraço! Com nenhuma outra pessoa, homem ou mulher, pai mãe irmão avó ou amigo, eu me senti tão acolhida como nos seus braços.

Você retribuiu o meu abraço com tanta doçura que derreti e comecei a chorar.

Você me segurou ainda mais forte e sussurrou no meu ouvido, "o que foi, amor?".

Oh não, não me trate assim, eu não mereço, as lágrimas se transformando em soluços e você ainda me segurando forte.

— O que foi, amor? Está tudo bem... eu estou aqui.

— Sim, eu sei... você está aqui.

Afastou meu rosto com delicadeza e me olhou, estremeci ao pensar que era agora, seria naquele momento que você olharia nos meus olhos e descobriria tudo.

Mas você continuou com delicadeza.

— Você não quer me contar o que houve?

Engoli em seco e, ainda me deixando segurar, respondi:

— Não foi nada, é só amor demais.

Seria tão mais fácil se eu não te amasse. Assim pelo menos eu teria uma justificativa: fiz porque nossa relação está uma merda, porque a paixão arrefeceu e preciso de emoção, porque há o tédio da rotina de todas as coisas e o ódio da dependência, porque seus beijos já não têm mais o mesmo sabor, porque não tenho mais a graça de te esperar sempre molhada.

Mas isso não é verdade.

Seria tão mais fácil se eu pudesse colocar a culpa em você. Mas não posso, a culpada sou eu.

Fiz porque quis. Mesmo que tenha tentado evitar até o último segundo, não aconteceu nada que eu não quisesse.

Desejei isso, desejei com tanta força que acabou acontecendo. Os pensamentos têm poder, sabia? Eles plasmam a realidade.

Sozinha eu não tenho o poder de criar toda a realidade, porque esta é compartilhada com muitas outras pessoas. Só que eu não estava sozinha: havia alguém mais desejando o mesmo que eu, desejando junto comigo. E, quando dois desejos se encontram, ganham corpo.

A essa altura, eu ainda estava me debatendo entre a culpa e a aceitação da natureza.

Para mim, até então não se tratava de uma falha de caráter particularmente minha, era uma coisa do ser humano: ninguém é dono de ninguém, nem dono de si, nem dos próprios desejos.

As pessoas escolhem ficar juntas e assumem compromissos e constroem uma vida em comum, mas aí existe esse tal desejo que tem muito mais a ver com instinto do que com razão, que tem muito mais a ver com biologia do que com a moral. E esse tal desejo é uma força tão poderosa que domina tudo.

Então eu não tinha escolha, certo? Eu estava dominada pelo desejo. Mas como, se eu fiz porque quis?

Seria tão mais fácil se eu não te amasse.

Mas uma vez que se prova um sabor que te dá prazer, não se consegue mais viver sem aquilo.

Pode-se até tentar, mas dá um trabalho danado. Evitar o que já se experimentou e gostou é um grande sofrimento. É como tentar se curar de um vício. Diante da voracidade do desejo, a vontade precisa poder mais.

Só que querer nem sempre é poder. Digo isso com conhecimento de causa, porque tentei.

Eu tentei não encontrar mais com você, mas você não deixou.

Você, o meu amante, continuou me ligando, mandando mensagens, tentando estabelecer contato por todos os meios possíveis. A minha resposta foi o silêncio.

Até o dia em que aconteceu de novo.

— O que você está fazendo aqui? Você está louco? E se ele estivesse aqui, hein, o que seria de nós, o que seria de mim?

— Eu sabia que ele não estava aqui, fiquei esperando do outro lado da rua até ver você chegando sozinha.

— E se ele estiver chegando? Pois saiba que ele está chegando! Vai embora, vai, agora!

— Ele não está chegando, é mentira sua.

— Ah, é mentira? E como você sabe? Não estou mentindo, vai embora!

— Eu sei porque liguei pra ele e ele está trabalhando até tarde e depois vai pra casa.

— Eu não acredito que você fez isso, você é mesmo um canalha. Ele é seu amigo, sabia?

— Sim, eu sei. E você é a namorada dele.

Seria tão mais fácil se vocês não fossem amigos. Assim pelo menos eu teria uma justificativa mais aceitável: ele é um completo estranho que apareceu do nada, não tem nada a ver com você nem participa da nossa vida em comum, ele é apenas um cara aí, essas coisas acontecem.

Mas isso não é verdade.

Desde que vocês se cruzaram nas rodinhas da cidade, passaram a fazer parte do mesmo grupo, juntos montaram uma banda experimental, gravaram um disco, dividiram um apartamento e rodaram pela noite se apresentando na cena alternativa. Uma amizade muito próxima até que João trocasse o Rio de Janeiro por Londres em uma residência artística.

Enquanto isso, na cidade, nós começamos a namorar.

Como é que duas pessoas se envolvem? Dentre tantos bilhões de pessoas no mundo, por que justamente eu e o seu amigo, se antes já havia eu e você, o meu namorado?

Ele me seduziu, é verdade. Mas eu também o seduzi. Talvez tenha sido inconsciente, o desejo encoberto por outros sentidos.

Era predestinação? Será que, por ser proibido, era mais gostoso?

Eu ainda não sabia que Plutão iria desenterrar aquela mulher das profundezas da Terra, mas eu sempre soube que meu coração de cavalo tem um instinto indomável.

O nosso namoro foi marcado pelos astros.

Eu, de Sagitário, você, de Capricórnio, eu ali buscando me encontrar, você tão maduro. Eu era um pouco mais nova que você, era uma menina e precisava de alguém que me desse firmeza; você precisava de excitação. Você era amigo de uma amiga que nos apresentou meio sem querer quando nos esbarramos na casa de outro amigo em comum. Aí ficou aquela situação do tipo "ei, vocês já se conhecem?".

Plutão transitava sobre a minha Vênus natal em Sagitário, aspecto relacionado às grandes paixões que nos transformam. No meio havia músicos, artistas plásticos, jornalistas, escritores, cientistas sociais, todo o teatro. Eu com 24 anos dançava e escrevia poemas e desenhava e estudava astrologia e ainda não sabia muito o bem o que fazer com isso tudo, a não ser que queria criar alguma obra artística. Com 27 você já tinha seu álbum de estreia sendo bem recebido por público e crítica. Havia essa sensação de familiaridade, todo mundo estava em casa e se curtia. Era tão natural que fôssemos feitos um para o outro!

Como não considerar algo assim, coisa do destino?

Você foi o meu primeiro namorado. Não a primeira paixão ou o primeiro beijo, mas o primeiro que me assumiu pra valer, o primeiro que se comprometeu comigo.

Naquela idade eu já estava angustiada porque achava que, se havia chegado até ali sem ter encontrado minha alma gêmea, não encontraria jamais.

Fui a última das minhas amigas a namorar. Considerava a hipótese de ter um problema sério, uma inabilidade inata de me relacionar ou algo do tipo. Mentira. É óbvio que eu não achava que o problema fosse meu, o problema era sempre dos outros. Ou do carma. Mesmo quando gostava de alguém que não me retribuía, oscilava entre responsabilizar o outro por não reconhecer o meu valor e sentir-me menos valiosa. Mas a culpa nunca era minha.

A minha vida sexual até que começou cedo e nunca tive problemas em atrair as pessoas, não duvidava do meu poder de conquista nem nutria síndrome de rejeição. Tem gente que tem isso de se sentir rejeitado sempre, né?

Na verdade eu estava muito mais pra solta na vida, se havia em mim algum problema era essa constante sensação de aprisionamento que me tornava uma pessoa pouco disponível e confiável. É que além de sagitariana, eu tenho o Marte em Aquário todo enquadrado no mapa. É como se a qualquer momento eu pudesse ir embora. Como se a qualquer momento eu pudesse dar defeito.

Mentira. Na verdade eu tinha era muito medo de me expor em toda a minha ambivalência, da qual eu nem tinha consciência ainda. Eu tinha medo de cair no abismo, medo de que me machucassem quando eu sabia do potencial autodestrutivo da minha Lua em Escorpião.

Eu era muito individualista. E bastante exigente com os outros. Tinha expectativas altíssimas sobre as qualidades que mereceriam admiração a ponto de conquistar meu coração. E sobre o quanto eu deveria ser amada primeiro pra só então amar alguém. Quem mandou nascer com o carma... ops, com o nodo lunar sul, em Capricórnio, bem rígida?

Isso sou eu agora me psicanalisando. Até então os meus relacionamentos eram simplesmente uma bagunça, um total desencontro, quando eu queria alguém esse não me queria, quando alguém me queria eu não queria. Era só começar a me animar com um cara que ele começava a me dar perdidos, era só isso acontecer pra eu entrar numa de que aquele era o cara, e ficar atrás que nem cachorrinha fazendo papel de trouxa; era só alguém me mimar que eu me tornava fria e cruel, ignorando mensagens, me mantendo distante.

Assim eu impunha uma série de condições para o encontro amoroso, mas meus envolvimentos eram sempre insatisfatórios. Vivia num estado de excitação apaixonada que só resultava em frustração.

Tudo isso são verdades que não explicam a verdade.

Foi quando você apareceu. E você era o companheiro que eu queria. Você era organizado, com aquele Marte em Virgem. Sensível e imaginativo, com o ascendente em Peixes em seus dotes musicais, enquanto a Vênus em Aquário o dotava de uma expressão bela e vanguardista, que me deixava à vontade no meu jeito meio doidinha de ser. Meio desapegado demais, é verdade, mas pra mim isso não era um problema porque eu gostava da nossa relação sobretudo de amizade. Era ambicioso, como um bom capricorniano deve ser. Mas adorava cuidar de mim, tendo a Lua em Virgem tão prestativa. Você era um amor.

E estar com você era tão bom e tão fácil que entre nós tudo aconteceu tão espontaneamente.

Como poderia prever que eu estragaria tudo?

— João, você não pode fazer isso comigo, está tentando me forçar a fazer algo que eu não quero.

— Eu jamais faria isso se não sentisse que você quer tanto quanto eu.

— Você não está *se achando* um pouquinho demais, não?

— Não. Eu estou colocando em risco algo que é tão importante pra mim quanto é pra você. Eu posso perder um grande amigo.

— E eu posso perder o namorado. O amor da minha vida. Acredite, eu tenho muito mais a perder e você precisa respeitar o meu "não". Eu não quero.

Não mesmo?

Fiquei desnorteada desde a primeira vez que te vi naquela noite de *rock* e delírio, quando Miguel, surpreso, te avistou na plateia e te chamou pra subir ao palco. Você havia retornado sem avisar depois de alguns anos na Europa.

Você subiu ao palco e cantou uma balada, que eu adorava, da ex-banda de vocês, chamada Bits.

Não é que eu não te conhecesse: já havia visto fotos, ouvido histórias, suas composições. Sua música era a experiência mais próxima que eu tinha de você. Mas misturada com a influência dos outros componentes da banda a sua voz soava distante.

De resto, eu só conhecia você através dos outros. Relatos de gente que te queria bem, diziam que você era tranquilo, porém um tanto contestador, excêntrico e quase sempre absorvido pelo trabalho.

Pela primeira vez eu te descobria por mim mesma e, atordoada, eu constatei que você era completamente diferente do que imaginava.

Você era ainda melhor. Mais gato, mais intrigante, malicioso.

Havia algo de selvagem em você.

Fomos oficialmente apresentados no camarim logo após o *show*. "Ana, vem cá conhecer o João! Esse bandido! Bicho, que entrada triunfal", exclamou o Miguel, enquanto eu estendia a mão como uma dama pra você beijá-la — não me pergunte por que fiz isso porque não sei, foi como um momento de glória, tomada por um esplendor inconsciente. Mas você preferiu apertá-la com decisão e me puxar para os dois beijinhos no rosto — seus olhos muito próximos dos meus me investigavam com fome.

— Muito prazer, Ana.

Você, desde o primeiro dia, me deixou sem reação.

Qualquer relação entre nós que fosse além da amizade era tão impossível que, de alguma maneira, me recusei a perceber que tinha ficado *mexida*.

Não compreendo os caprichos da (minha) psique — reprimi essa atração no inconsciente. É isso que fazemos com tudo o que não queremos, escondemos atrás de uma barreira de recalque.

Hoje sei que é lá que nascem os desejos e, quanto mais escondidos, mais eles crescem.

Porque nem tudo o que está escondido, deveria estar.

Como eu poderia cultivar essa atração sendo você o melhor amigo do meu namorado? Eu queria me casar com o meu namorado! Depois de quatro anos de relacionamento estável esse era o próximo passo, o momento estava chegando, era a ordem das coisas. Não fazia sentido me envolver com você, em uma manobra de autossabotagem àquela altura trocar o certo pelo duvidoso.

Era ilógico, mas *pffff*.

"Queria me casar com o meu namorado", essa expectativa convencional que eu nutria sem refletir pessoalmente a respeito, introjetada desde a infância como sonho romântico vendido pela tradição familiar e toda a indústria. Hoje sei que tal justificativa era própria de quem não fazia a menor ideia do que isso representaria. No caso, de quem não estava preparada pra se casar.

No caso, eu.

Mas mulheres nasceram pra casar, não é isso?

Pra minha sorte — ou azar —, você só estava no Rio de passagem, e por isso aquela paixão ficou em suspenso, guardada em algum lugar dentro de mim. Teria sido por isso que eu nunca havia me casado com ele, mesmo após anos de namoro e com ele desejando também a estabilidade conjugal?

Mas você logo voltou pra Inglaterra, e só retornou ao Brasil dois anos depois, dessa vez acompanhado de uma namorada francesa de visual exótico que você tinha trazido sabe-se lá por quê. Ela mal falava português, mas o charme magnético dela ornava bem com você, mesmo que ficasse sempre um pouco atrás, meio que escondida.

Fui te conhecendo cada vez mais — porque você sempre estava presente nos encontros da galera, bares, festas, nos ensaios, na vizinhança pois morávamos próximo. Eu chegava nos lugares e lá estava você. Ou estava eu e em poucos minutos você aparecia. Era normal, convivíamos com as mesmas pessoas.

Mas.

Eram tantos poréns que considerei que não era mesmo pra ser e, como se eu fosse essa pessoa, aham, relaxei considerando que nada aconteceria jamais, mesmo.

E foi assim, relaxados (mentira), porque você jamais pareceu preocupado com essa situação, que aos poucos nos pegamos conversando inúmeras vezes, só nós dois, nos eventos em que todos os outros amigos e namorados estavam presentes.

E foi assim que descobrimos um monte de afinidades: não tínhamos o menor saco para as discussões políticas e estávamos mais interessados em nossas fantasias, amávamos a natureza e adoraríamos morar no meio do mato, curtíamos o mesmo *rock* e *pós-rock* e a música eletrônica e todas as suas experimentações, tínhamos o mesmo senso de humor ácido e nos indignávamos com maus-tratos aos animais.

E estabelecemos um diálogo só nosso para além do círculo social.

Mensagem engraçadinha daqui, música com aquela letra repleta de significados de lá, risos e corações vermelhos.

Era amor ou amizade?

Enquanto isso, o meu namoro ia muito bem, obrigada, e aparentemente o seu também, tudo estava certo!

Mentira.

Mas aí cada vez mais havia o seu abraço, demorado e repleto de afeto. E havia o seu cheiro que me impregnava. E havia a sua barba que era, de todos os homens, a mais perfeita. E havia o seu olhar que queria dizer algo mais e que eu fingia que não entendia.

Aí havia as nossas pernas que se roçavam meio sem querer debaixo da mesa, cada contato fazia liberar uma corrente de eletricidade pelo meu corpo. E havia a sua mania de encostar em mim sempre que podia. E de segurar a minha mão sempre que ela estava solta.

E havia todos os clichês dos quais sempre achamos que vamos escapar com a nossa originalidade, mentira.

Um dia, quando estávamos numa festa, o som estava altíssimo, você se aproximou muito pra dizer alguma coisa e pude respirar seu hálito doce, e, naquele momento, pela primeira vez, eu desejei o seu beijo.

Pela primeira vez?

E, uma vez desejando o beijo, foi muito natural me imaginar fodendo loucamente com você.

"Você não vai se casar com ele", disse a cartomante, pouco depois de nos conhecermos. "Você vai se apaixonar por outro."

Essa previsão soou completamente descabida. Imagina! Eu tinha um namorado lindo, um homem que me amava, tão raro nesses tempos em que ninguém é de ninguém.

Eu estudava astrologia e já analisava o meu mapa astral, mas procurei a cartomante porque estava em um momento crítico na vida: aproximava--se o Retorno de Saturno. Eu tinha 28, a pressão era grande e eu não me sentia capaz de tomar grandes decisões sem uma orientação espiritual, por isso buscava todos os oráculos. Eu precisava que alguém fizesse essa ponte entre mim e o universo e me dissesse quem era eu.

Saturno leva 29 anos e meio pra dar a volta no Zodíaco e retornar ao lugar onde estava quando nascemos. O meu Retorno de Saturno estava se aproximando e era um chamado ao amadurecimento: o autoconhecimento como fruto das minhas experiências, os resultados das minhas escolhas até ali. Assim eu seria capaz de determinar um projeto de vida mais concreto dali em diante, entre o que se confirmaria do meu desenvolvimento em termos de trabalho, relacionamento, casa, família e a vida como um todo, ou não. Porque sempre há o "ou não", né? Há quem chegue nessa fase se destacando na carreira, outros repensam sua vocação; uns se casam, outros se separam; filhos, mudança de cidade ou país, tudo isso pode ter a ver com as sérias decisões desse momento em que Saturno pressiona por consistência e responsabilidade. Talvez eu tivesse que reestruturar tudo se chegasse à conclusão de que estava no caminho errado.

Ali eu não sabia dizer se estava indo bem ou mal. Reconhecia que havia recebido bênçãos maravilhosas, como o amor, mas profissionalmente estava insatisfeita.

Eu queria ser artista, e produzia aquarelas e colagens que começavam a vender razoavelmente bem através das redes sociais. Eu estava começando a ficar conhecida no universo virtual por esses trabalhos que retratavam o universo feminino e que tinham um certo estilo. As pessoas compartilhavam essas imagens que sempre tinham frases simples mas poéticas e filosóficas sobre o amor e os relacionamentos, como "infinitos caminhos, uma única escolha", "minha força é a lua", "o amor me assusta", "inspira-me a dançar" e "um universo misterioso de sentimentos", e aí choviam pedidos de compras. Dava pra ganhar um dinheirinho e eu estava me sustentando bem. Eu também produzia ilustrações sob encomenda. E fazia parte de um grupo de dança que aos poucos ia se apresentando modestamente por aí. Dançar sempre foi uma das maiores verdades da minha existência, mas me dedicar totalmente a uma grande companhia nunca tinha sido a minha vontade porque eu precisava de tempo para as artes plásticas também.

Eu ainda não havia criado aquilo que seria a minha grande obra, e que até então eu nem sequer sabia o que seria.

Eu só sabia que queria ser uma grande artista.

Eu não sabia ao certo o que esperava da vida, mas sabia que esperava a segurança que o amor do Miguel inspirava. Ele representava a possibilidade de um lar.

"É incrível a força que as coisas parecem ter quando precisam acontecer", disse a cartomante, apontando para o arcano dos Enamorados.

O meu mapa astral também já me dizia isso, embora eu não o soubesse. Eu ainda não conhecia todos os deuses do meu destino, nem as forças telúricas que me constituíam.

Mas eu olhava para o céu e acreditava que conhecia os astros. E que por isso possuía algum controle sobre meu destino.

Toda mulher acredita que o primeiro a tocar seu coração será o homem (ou a mulher) da sua vida. Ou seja, que ela nunca deixará de amá-lo. Duvide de toda mulher que disser o contrário. Mesmo aquelas que afirmam não querer se casar nem se prender a ninguém já se apaixonaram um dia pela primeira vez e tiveram a expectativa de que fosse eterno — enquanto durasse?

É, somos assim inocentes, até a primeira desilusão.

Porque mesmo que o primeiro namorado não seja o tal grande amor e a relação acabe — e talvez justamente por isso —, é que vai ficar na memória como uma promessa não realizada, uma saudade do que nunca foi.

Não há nada que possa substituir isso, ninguém mais será o primeiro.

Foi uma deliciosa surpresa ter encontrado você que, além de tudo, era tão admirável e se encaixava tão perfeitamente nas minhas expectativas. Aceitei você como um merecido presente do universo depois de anos de desencontros e incompletude.

Sim, eu merecia essa felicidade.

Sim, eu esperava que fosse pra sempre! Que construíssemos uma vida juntos, que tivéssemos futuro; imaginava nosso lar, crianças, projetava a paz para o resto de nossos dias.

Mas a paz, esse estado de graça, não é contínua. Não para nós, reles mortais que nada temos de iluminados, que ainda temos tanto a aprender com o erro e a dor.

Eu não esperava que algo fosse dar errado, ao contrário, só esperava certezas. Mas como poderia ser tão certo se eu desconhecia minha própria essência?

Que sabia eu, então, sobre os desejos?

Tanto não sabia que fui pega de surpresa desejando alguém que não devia, flertando com o proibido, desobediente como uma criança que precisa testar todos os limites por conta própria.

Aos 7 anos, tive um sonho que me revelou o poder do inconsciente.

Sonhei que caminhava sozinha em uma floresta. Fazia sol e sentia o calor na minha pele. Pássaros cantavam e eu admirava a paisagem. Até que cheguei a uma ponte de pedra que acabava em um arco sustentado por dois pilares, uma espécie de portal. Impactada pela imponência do portal, adornado nas laterais por duas cabeças de leão, como górgonas, estranhei — por que um monumento como aquele, construído por mãos humanas, atravessava a selva? Seria o que restava de um templo de civilizações antigas? Nisso, surgiu diante de mim uma jovem mulher em posição de estátua, mas como se estivesse prestes a dançar.

Passado o susto com sua aparição repentina, olhei-a nos olhos e me reconheci: ela era eu, adulta.

Nesse momento ela executou um passo e abriu passagem; numa mesura, indicou que eu seguisse em frente. Atravessei o portal sem desviar de seu olhar. Então o céu escureceu de repente; um raio iluminou tudo por um segundo sem ecoar o trovão.

Acordei sem ar, me questionando, tão menina ainda, qual mistério essa passagem esconderia.

Na noite seguinte eu estava na casa da minha avó quando uma força me atraiu para a janela. Era a lua lá fora, imensa em sua luz suave que brilhava quase imperceptível ao invadir o ambiente.

Minha tia, me observando de longe, se aproximou e me contou que a lua era mágica, que antigamente as mulheres dançavam nuas nas noites de lua cheia, contavam suas fases no calendário lunar e acompanhavam o movimento dos planetas para entender o ciclo de fertilidade da Terra e o da menstruação.

"Desde os primórdios da humanidade que olhamos o céu com fascínio e curiosidade, procurando desvendar os mistérios do cosmos em busca do sentido da vida", ela disse. "A astrologia nasceu como uma tentativa de estabelecer conexões significativas entre o movimento dos astros e a nossa experiência aqui na Terra. O Zodíaco é o pano de fundo dessa dança, e os astros do sistema solar são os personagens principais na narrativa celeste", continuou. "São os conectores da energia dos signos, cada um acessa a mensagem das constelações à sua maneira.

"A experiência da Lua é emocional: é a nossa forma de sentir, o nosso clima e humor, a qualidade com que nos envolvemos uns com os outros e criamos intimidade. Regente de Câncer, o signo da família, a Lua no nosso mapa representa a mãe, portanto, o cuidado e alimento que recebemos e que, por efeito, oferecemos, já que temos nessa primeira experiência de amor um exemplo a ser seguido — ou não. A Lua é o astro que está mais próximo de nós pois ela orbita a Terra, é o nosso ambiente afetivo, nosso corpo, nossa casa.

"Astro de fases, a Lua reflete a luz solar. Seus ciclos são chamados lunações, começam na lua nova, passando pela crescente, cheia e minguante, com duração média de 29 dias cada, cerca de doze vezes e meia por ano. Simbolicamente as lunações são as passagens do tempo, do nascimento à morte, passando pelo crescimento e pelo envelhecimento.

"Quando a Lua é nova em um signo, dá início a um processo com a qualidade desse signo, quando determinamos uma intenção: é o momento da fecundação, quando tudo é promessa, Sol e Lua estão juntos, e ela, ofuscada, não é vista no céu. A fase crescente é a de desenvolvimento do que foi semeado, quando a promessa inicial vai ganhando forma e realizando seu potencial.

"A Lua cheia é a maturidade e a colheita. Trata-se da realização, momento mais esperado desde o início do processo, o clímax, o parto. A partir daí, a luminosidade lunar começa a diminuir. A fase minguante é a de fechamento do ciclo, tempo de assimilação, conclusão e preparação do solo para a próxima semeadura.

"Conduzir-se de acordo com o ciclo lunar é a grande sabedoria das mulheres. Não é à toa que a Lua é o astro feminino por excelência: o ciclo menstrual, que para você só vai começar daqui a uns seis ou sete anos, tem mais ou menos a mesma duração que uma lunação.

"De tempos em tempos, Sol e Lua se alinham de tal maneira que um eclipsa o outro e projetam uma sombra sobre a Terra. Esses costumam ser os momentos de grandes reviravoltas na vida."

E, assim, fui iniciada na astrologia. Anos depois, soube que na madrugada do meu sonho havia ocorrido um eclipse lunar em Leão, parecido com os eclipses de uma outra série que, anos mais tarde, me faria a maior das revelações astrológicas.

Com a minha primeira aula de astrologia, entendi que o portal do sonho me revelara esse conhecimento e que a floresta era onde viviam os animais do Zodíaco.

Mas a minha intuição naquele momento foi de que havia algo mais que eu só saberia quando me tornasse aquela mulher-esfinge que me abrira a passagem.

Quando começamos a namorar, o que nos uniu especialmente foi a música.

Quantas noites passamos juntos, você me dedicando um concerto particular enquanto eu dançava leve e solta! Eu fazia aulas de dança desde a infância e considerava de coração que esse poderia ser meu caminho profissional. Mas, na prática, nunca tomei atitudes firmes em relação a isso, e a minha carreira de bailarina não passava de um ensaio, nunca o ingresso numa grande companhia, apenas os espetáculos que apresentava com o meu pequeno grupo de dança.

Você tocava e gravava com um mundo de pessoas interessantes enquanto aos pouquinhos ia crescendo e aparecendo com seu álbum de estreia. Depois ainda gravou o segundo disco e se tornou um músico de sucesso.

Em nossos encontros eu podia fantasiar que era uma dançarina de cabaré, uma dama flamenca, a *groupie* de uma banda de *rock* ou a garota de Ipanema. Eu descobria as melodias e vibrava nos mais variados ritmos e sem perceber ia aprendendo sobre as ondas eletromagnéticas e o tempo.

"É incrível a força que as coisas parecem ter quando precisam acontecer", cantou o Caetano através de você.

Meio tosca, dancei no seu compasso.

Tenho a impressão de que até ali eu mal estava presente. Mesmo esses momentos tão ricos em intensidade não eram plenos como poderiam, porque eu vivia na sensação de que faltava algo.

Eu não me entregava. Tinha muito medo.

Não sabia explicar essa resistência, podia apenas sentir.

Aluna aplicada de astrologia, sabia quando um planeta em trânsito formaria um aspecto com um planeta no meu mapa natal e o que isso significaria. Podia prever anos de trânsitos astrológicos à frente com o auxílio de um *software*. É claro que mesmo assim eu me surpreendia quando a coisa realmente acontecia — e é assim que se aprende sobre a astrologia e a vida, na prática.

Mas eu não me deixava arrebatar por nada.

E se eu perdesse o controle?

Capricórnio, o signo do meu nodo lunar sul, localizado na casa 5, a do amor e da criatividade, ou seja, a casa astrológica do coração, onde vive a nossa criança interior, nos inventamos, subimos no palco da vida e brilhamos, revelava a minha falta de espontaneidade e a dificuldade de me entregar ao prazer. O nodo lunar sul é como o carma se inscreve nas nossas vidas — é onde temos um nó, uma questão mal resolvida, algo meio de vidas passadas, meio herança dos antepassados, essas correntes que carregamos, sabe? Uma verdade mais profunda que a representada pelo signo solar, que é o ego, o personagem que encarnamos pra viver essa vida humana. O nodo sul, também conhecido como a cauda do dragão na astrologia oriental ou védica, é a história da nossa alma, descrita através do signo e da casa onde ele se encontra, e dos aspectos que esse signo faz com outros planetas.

Então, rígida, apesar de ser de Sagitário, um signo tão otimista, e na falta de um amor-próprio consistente, era como se eu não tivesse o direito de ser feliz...

Você, capricorniano, me beijava delicadamente a nuca e um impulso extático percorria meu corpo. Algo já se agitava lá dentro, era gostoso. Mas eu me continha.

Você me abraçava à noite e eu me sentia segura, não precisava me preocupar porque o seu amor era uma fortaleza.

A gente ia ao cinema ou ficava em casa dançando e sensualizando, e porque você existia em mim, no meu corpo e espírito palpitava o anseio por uma vida magnífica.

Um dia qualquer enquanto caminhávamos pela rua, papo vai, papo vem, você disse que o João havia terminado com a namorada.

— Como assim? — foi a minha reação espontânea e assustada.

— Não sei direito, ele não quis me falar muito... apenas disse que não estava bom e que isso já estava pra acontecer há algum tempo.

E eu comecei a suar frio:

— Mas foi ele quem terminou, ou foi ela?

— Parece que foi ele.

— Ahãm... e como ele está?

— Ele não me pareceu mal. Diria até que estava indiferente. Ah, o João não leva ninguém a sério, né? Pra ele, a Françoise não era exatamente uma namorada, mas uma companhia.

E nesse momento o meu coração saía pela boca, batendo tão forte que não sei como você não ouviu o estrondo.

Tudo o que eu pensava era: e agora?

Estava bom manter aquele flerte perigoso, tão estimulante e prazeroso, mas até então sem maiores consequências. Pra falar a verdade, estava até fazendo bem para nós, eu me sentia desejada por dois!

Mas a notícia do término dele me abalou, me instigou, me despertou, algo me dizia que ele viria me conquistar e se apoderar de mim, e eu não queria isso. Eu queria ficar com ele, mas não queria perder você.

Foi nesse momento que percebi o quanto estava dividida.

Eu e você, eu e ele, eu-e-você-que-é-ele-que-é-você, quem sou eu?

Nas semanas seguintes, ficou aquele suspense no ar todas as vezes que nos encontramos. Ninguém tocava no assunto, pois não havia o que falar, já que a sua namorada era desconhecida do grupo. Mas por que vocês terminaram e por que ela ia voltar pra Londres?

Não havia se adaptado à nossa terra?

Ou você não a queria mais aqui?

O que havia dado errado?

O assunto interessava a mim e eu não tinha como abordá-lo.

Se antes eu me sentia à vontade em sua presença, agora havia esse constrangimento tímido, uma tensão disfarçada de reserva. Ao mesmo tempo havia uma excitação...

Você circulava com a mesma tranquilidade de sempre, porém declaradamente mais insistente em buscar o meu olhar, que evitava o seu. Você me seguia e eu o sentia às minhas costas, o tempo todo.

O seu olhar me penetrava, me queimava por dentro.

Eu o observava pelo canto dos olhos, via como as outras mulheres se aproximavam sem pudores. Entre risos e uma disponibilidade inquestionável em conversar e tocar você, elas se jogavam em cima e eu ia ficando furiosa.

Que poder emana de você, Escorpião?

Plutão em Capricórnio transitava havia anos pela minha carmática casa 5, a do amor e da criatividade. Plutão, a versão romana do deus Hades dos infernos, me mataria até que eu me desse à luz. O planeta regente de Escorpião tem esse efeito desintegrador na nossa vida — mas é assim que podemos renascer das cinzas como uma fênix, a revelação de uma potência oculta, como a força atômica. Então, ele se aproximava de fazer uma conjunção com esse tal aspecto que eu ainda desconhecia no meu próprio mapa astral, embora pressentisse que havia algo a mais naquele território. Invisível, porém real.

Era uma das intuições que, conforme aprendera desde cedo, precisava de paciência até que a informação fosse revelada. Tudo tem seu tempo.

Lembro da minha tia me ensinando a plantar ervas no sítio da família. E também verduras, legumes e frutas. Quanto tempo levava para que algo pudesse brotar, quanta coisa imperceptível acontecia dentro da terra antes de surgir um pedacinho de caule, uma folhinha. Ela me ensinava a alquimia da natureza. Dizia que eu podia me conduzir melhor com esse auxílio terrestre e espiritual.

Lembro de quantas fórmulas florais, chás e especiarias provei como remédio sempre que a alma pedia mais conforto para o corpo, e como os progressos eram sutis, os padrões difíceis de romper. Quantas vezes tive que experimentar outras alternativas terapêuticas por causa de recaídas emocionais que inibiam meu desenvolvimento, me faziam regredir em vários sentidos.

Desta vez eu sentia Plutão em trânsito pulsar no meu ventre enquanto por fora sentia como nunca a couraça difícil de penetrar. E, na tensão dessa aproximação, a pedra do meu coração ia rachando. Dentro o calor era incandescente, vulcânico.

Nossa troca de mensagens *inbox* foi ficando quente. Você sempre tinha algum assunto interessante pra comentar, assim como quem não quer nada além de uma boa troca de ideias.

Até que você enfim comentou que havia terminado seu relacionamento com a francesa.

Sei que você esperava que eu tivesse outra reação, mas reagi com frieza.

"Que pena, sinto muito", foi o que teclei.

Não estendi a conversa, aliás desconversei.

Você insistiu, afinal éramos amigos, não?

"Trouxe um presente de viagem pra você."

"Quero te encontrar".

Não.

Onde essas conversas poderiam nos levar? Qualquer questão levaria a *nós*, e não poderia haver nós.

Mas...

Não.

Não.

"Não vai dar."

Mas, quanto mais eu te evitava, mais eu pensava em você, mais eu precisava de você.

Aí eu te evitava ainda mais, e ainda mais eu te queria.

Eu precisava te evitar porque senão.

Eu sairia correndo para os seus braços e isso seria um verdadeiro estrago na vida de todos nós.

Mas não controlamos o desejo, e o desejo tem uma forma orgânica de se manifestar: através dos hormônios.

E os meus simplesmente enlouqueceram.

De repente eu era novamente uma adolescente: crises de ansiedade, ataques de TPM, cólicas, pele oleosa.

Acho que eu estava com vergonha do meu desejo e tentando ficar feia pra que você desistisse de mim, o que não aconteceu.

Apesar de tudo, você insistia.

Espinhas, calores insuportáveis.

Uma noite, depois de rolar horas na cama com insônia, quando finalmente adormeci um sono pesado e inquieto, sonhei que serpentes subiam pelas pernas e se enroscavam no meu corpo. Acordei sem ar. Levantei e me olhei no espelho e entendi que eu estava trocando de pele.

Não mesmo?

Não me olha assim, com esse olhar que penetra fundo na minha alma, esse olhar que eu não vi você olhar pra mais ninguém, só pra mim.

Não me olhe assim como quem me despe, diante dos seus olhos eu fico envergonhada. É como se entre nós não houvesse segredos e eu quero manter o mistério.

Porque se eu perder o mistério você não vai me amar mais.

Então é assim que você me prende, porque me revela.

Então é assim que eu te prendo, porque me escondo.

Não me olhe assim como quem me rouba, como quem saqueia as minhas entranhas e expõe as minhas vísceras.

A carne é pecaminosa e eu sou pura lascívia.

Não se aproxime porque, quanto mais perto, mais posso sentir o seu cheiro e meus sentidos se aguçam.

E o meu corpo se afoga pra te receber com conforto.

Mel e saliva escorrem de dentro pra fora.

Não se aproxime porque eu posso não suportar o deleite de juntar meus lábios aos seus.

Não sei se eu aguentaria tal gozo.

Se ao te beijar eu recuperaria a minha alma perdida ou a perderia de vez.

Se ao unir-me ao seu corpo eu faria parte ou estaria partida.

Nós nos tornamos amantes na noite em que você invadiu a minha casa como um animal.

Mas foi na véspera que fiz a minha primeira magia consciente, porque eu não conseguia parar de pensar em você.

Então coloquei uma dúzia de pétalas de rosas vermelhas com mel, uma canela em pau, uma pitada de açafrão e raspas de gengibre no meu caldeirão.

Agoniada, sentei no quintal pra respirar o céu. Entre as inspirações e expirações longas e profundas, fui entrando numa espécie de transe. Pensava em você tão intensamente que de repente era como se você estivesse ali, tão forte era a sua presença.

Que tesão louco por você! Nós nos beijamos sob o pálido céu da cidade grande, que reluziu extraordinariamente de volta.

Do quintal da minha casa para aquela estrela de brilho errante, como se fosse um olho piscando, emanei toda a minha intenção de recebê-lo entre as pernas.

Era a lei da atração em atuação.

Não havia lua, minguava, e transportados para um universo paralelo nós fodemos alucinados, os meus quadris girando em movimento elíptico, assim como o Sol e a Lua se alinhavam para mais um eclipse. Assim como meus dedos pressionavam a minha boceta.

Debaixo dos nossos pés a Terra nos recebia esplendorosa.

Eu me toquei e te fodi tão verdadeiramente na minha imaginação ativa que, de repente, na minha lombar nasceu uma chama, que se inflamou ereta como uma serpente, e foi tocando um a um os meus chacras até morder a minha nuca — meus olhos se abriram quando gozei escancarando a boca num grito animal.

Nos dias seguintes ao nosso primeiro encontro de carne e osso, permaneci num *frisson* irresistível. Não havia dúvida de que eu queria te encontrar de novo, e de novo. Você me despertou um enorme apetite sexual.

Eu precisava mais daquela sensação.

Passei alguns dias em casa dedicada apenas a escutar o corpo. Como se pudesse percebê-lo se abrindo, aos poucos. Como se houvesse estalidos repentinos, pequenas intuições.

Estava apavorada e excitada.

Quantas vezes *stalkeei* você nas redes sociais? Quantas vezes olhei no celular pra ver se havia mensagem sua?

Quantas vezes reescrevi a mensagem que não enviei?

"Não sei o que pensar do nosso encontro."

"Isso não deve acontecer outra vez, por favor, não insista."

"Foi delicioso, mas foi só esta vez. Entenda..."

"Estou desde aquela noite alucinada de tesão. Vem aqui me foder agora."

As sensações vinham acompanhadas de pensamentos que podiam ser bem incômodos, envolvidos em culpa e punição. Talvez eu preferisse não pensá-los, talvez eu preferisse não questionar tanto — mas não havia como não questionar... Era obscuro.

Esses pensamentos podiam ser como lâminas fatiando a minha mente em finas camadas, tão agudo podia ser o seu rasgo tilintar de metal.

Era um desejo sofrido o que eu sentia por você. Doía. Eu não conseguia parar de pensar que aquilo era enganador.

Quando minha tia me falou de Vênus pela primeira vez, lembro de ter passado a observar com curiosidade as outras mulheres para aprender com elas a arte da sedução em suas mais variadas expressões.

"É a deusa da beleza e do amor", ela disse. "Planeta do desejo e da sexualidade, no mapa astral é ela quem dita nossos gostos e valores, e por isso é o recurso que usamos pra atrair o que nos atrai.

"Afrodite para os gregos, Vênus usava um cinturão mágico que encantava homens e mulheres, inspirando que lhe adorassem e fizessem todas as suas vontades.

"Na astrologia, algumas Vênus são mais exibidas que outras, discretas", disse a minha tia. "Algumas podem até ser mais submissas. Mas todas exigem seu quinhão do melhor perfume, da melhor comida, de tudo que lhes satisfaça os sentidos.

"E ai de quem não lhe aquiesça: ela pode ser vingativa!

"Vênus pode ansiar pelo contato com a natureza, como a Vênus em Virgem, ou ser mais caseira, como a de Câncer, ou querer viajar, ler ou se aventurar pelas pistas de dança das cidades, como a de Sagitário, ou que se atrai pela diferença, como a de Aquário. Há aquela Vênus que curte mais moda, como a de Libra, que a outra, em Capricórnio, em seu gosto pelo clássico. Dependendo do signo em que se encontra, o desejo pode ser fogoso como as paixões ou envolvente como os romances."

No meu universo de menina, a princípio comecei por observá-las em casa: minha mãe, avó, tia e babá, entre o trabalho e o lar, cuidando de mim. Embora na relação comigo elas estivessem na função maternal e fossem mais lunares, ainda assim Vênus aparecia no jeito como se arrumavam, se portavam, como agradavam e atraíam os outros.

Depois vieram as primas e amigas na escola, em nosso diálogo juvenil sobre as coisas legais, desde sempre ocupadas em ter prazer. Estendi o olhar para as professoras na sala de aula, cada uma em sua sabedoria: disciplinadoras e fascinantes, algumas admiradas como exemplos, outras mais temidas. Ao redor havia as curiosas vizinhas e, sempre por perto, as excêntricas amigas da minha mãe. Havia também as mães das minhas amigas, que podiam ser mais chatas que a minha, ou mais acolhedoras e divertidas. Vênus é uma musa, não é? Aprendi muito com as artistas que idolatrava!

Aos poucos fui capturando seus olhares tímidos e apaixonados, intensos, por vezes irônicos ou brilhantes. Olhares que miravam o outro, que arremessavam a lança da energia sexual.

"A Vênus deseja prazer, mesmo quando assume o desafio de conquistar o amor de alguém", disse a minha tia. "Vênus pode ser bem ambígua em seu jogo de sedução, entre revelar-se e fazer mistério. Mas a verdade é que ela é livre. Vênus pode ficar com quem quiser, simplesmente porque ela pode. Que o diga a sua selvagem Vênus em Sagitário!"

"Aquele gozo alucinante de ontem não sai da minha cabeça. Ansioso pra lamber sua boceta molhada e cheirar seu rabo. Amanhã. Chego aí às onze."

Raios. A melodia de um trompete riscava o ar com suspense e eu me eletrizava toda.

"Mal posso esperar, lobinho."

Sentia na pele o roçar dos seus pelos e lá ia eu enrolar o namorado com desculpas pra ficar sozinha à sua espera, na calada da noite. Nada demais, afinal eu morava só. Podia receber a visita que quisesse...

Não começou assim tão explícito, claro. Primeiro houve todo um jogo — afinal eu estava lidando com um escorpiano...

As redes sociais eram ótimas para mandar indiretas. Inevitavelmente sucumbi à tentação de me comunicar sem me comprometer (demais).

As gotinhas do mar escorrendo pelo meu colo clamavam por sua língua naquela *selfie*; em seguida elas contornariam meus seios com displicência à espera da sua curtida que não vinha, mas no íntimo eu sabia que você tinha visualizado, e o segredo era o melhor da história. Enquanto isso, eu curtia a sua imagem empunhando uma guitarra sob holofotes, era a dica pra você me enviar o *link* do Bolero de Ravel. Ao fundo as palmas da plateia vibravam vermelho.

Um horóscopo informava você sobre meu estado de espírito: "A Lua cresce na via combusta e se aproxima da Vênus, a lua no signo da sua queda se aproxima da Vênus em seu exílio. O desejo urge e a fala escancara as intenções, se é pra ser amor que pelo menos não seja covarde! Não é drama, é a paixão queimando embaixo da pele."

E a resposta pervertida.

"Estou enfiando o meu dedinho molhadinho no seu cuzinho bem devagarzinho..."

Enviei um *nude* através do espelho da penteadeira. De volta, recebi um poema em forma de falo. Eu, fiquei deslumbrada com a visão do esplendor peniano!

Você vinha correndo quando eu chamava. Depois da foda pedíamos uma sopa oriental e ainda dava tempo de assistir a um filme de terror e possessões demoníacas. Eu segurava o macarrão com o *hashi* e sugava a água salgada com meu biquinho.

No dia seguinte você me presenteava com um *SMS-Bashô*:

"Tenho sede
quero mamar
no seu grelo"

Eu me olhava no espelho e era como se tivesse um X de sexo tatuado na minha testa, meus lábios carnudos entreabertos.

Andava pelas ruas da cidade com movimentos felinos, botas de solado grosso substituíam as antigas sapatilhas de bailarina sem prejuízo à delicadeza dos meus passos. Eu conseguia ser invisível, se assim o quisesse.

Você me enviava um solo de guitarra distorcida, estava nervoso com as ondas que eu emanava do meu corpo até que toda Via Láctea explodisse no buraco negro da minha vulva.

Você, meu amor Miguel, trazia o vinho, preparava a massa ao molho *pesto* e comentava sobre seu dia no estúdio, contava as novidades sobre os amigos, filosofava, me convidava para o banho, fazia massagem em mim.

Meus ombros tensos relaxavam com seu toque macio.

Era bom ter certeza de que ao final da jornada você estaria ali, me esperando.

Assim seguíamos em nossa rotina de casal, à diferença que agora eu tinha um amante.

Eu precisava repetir isso para mim o tempo inteiro, como quem se belisca pra verificar se está vivo. Era tão surreal. Eu tinha um amante. Era estranho porque eu não sentia como se nosso relacionamento estivesse em crise. Até ali eu acreditava que uma traição só pudesse existir quando algo não estivesse bem entre duas pessoas.

Mas nós estávamos bem um com o outro.

Só que toda a situação era muito inadequada. Então eu era uma pessoa má, certo?

De verdade, eu queria você feliz, não queria que se decepcionasse comigo. Eu queria ser feliz pra sempre com você!

Mas fui deixando de te acompanhar nos muitos eventos em que o João estaria para não correr o risco de algum constrangimento. Arrumava qualquer desculpa pra justificar a ausência.

E, aos poucos, acho que fui deixando você triste.

Entretanto, à festa de aniversário de uma querida amiga eu não podia faltar.

E você estava presente.

À primeira vista foi um choque.

À segunda vista foi uma oportunidade.

Logo eu estava com um drinque na mão, deslizando pelo salão no meu melhor modo faceira, falando com todo mundo, rindo, sempre dançando.

Eu pretendia agir com naturalidade pra disfarçar o desconforto? Talvez. Mas eu estava realmente me divertindo.

Eu pretendia chamar sua atenção? Sem dúvida.

Então eu corria para os carinhosos braços dele porque eu queria gozar da abundância de ter tudo pra mim.

Do outro lado do ambiente, por trás das cabeças dançantes, você me olhava enciumado e desafiador. Mesmo que eu estivesse preocupada com toda aquela cena, algo em mim se exultava com aquele joguinho.

Ao verificar o celular quando cheguei em casa, sua mensagem foi a senha pra que eu pudesse viver a plenitude de todo o prazer que me era oferecido naquela sacanagem.

"Safada."

Suas mãos buscaram os meus seios por baixo do vestido, envolveram--nos em sentimento de posse e proteção. Você me abraçou largo, levantou meus braços para tirar delicadamente a roupa por cima.

Minhas pernas estavam dormentes de bailar sobre o salto, a lombar latejava. Mas você me encaixou sentada em seu colo e me fez esquecer da dor.

Eu sempre me deixava levar por essa onda de amor.

Oh, não, sexo não era um problema entre nós, era tranquilo. Após tantos anos de relacionamento, eu é que já estava cansada da repetição da rotina.

O que faltava em nossa relação era paixão. Faltava libertinagem. Mas essa nunca havia sido a nossa verdade, a nossa medida era a do conforto, e esse pensamento era tão indevido naquele momento íntimo...

Você me beijou com carinho enquanto me deitava na cama, lambeu meu clitóris com a pontinha da língua e a excitação que se espalhou instantânea pelo meu corpo apagou qualquer vestígio de hesitação.

Logo você estava molhando a minha boceta inteira com sua língua, que cresceu como um tentáculo e sugou raízes de dentro de mim. Eu me contorci.

Você me cobriu com seu corpo e, enquanto me chupava, seus dedos massageavam meus mamilos, se espalmavam sobre as minhas costas, apertavam a minha cintura e executavam o movimento que eu, anestesiada, não conseguia continuar.

Meteu as mãos dentro do meu cabelo, segurou minha cabeça com firmeza, deu um puxão pra trás e, ao meter fundo o seu pau capricorniano duro como uma rocha, nós nos encaixamos tão perfeitamente que gozei suave em poucos minutos, saciada.

"A bruxaria é tão antiga quanto a humanidade", disse a minha tia certa vez, ainda nos meus anos de escola, quando eu adolescente, naquela fase bem venusiana, descobria o meu corpo, com assanhamento, e me preparava para conhecer outros.

"As mulheres sempre foram bruxas, desde que nós, seres humanos, vivíamos em cavernas e aprendíamos a fazer fogo. Desde que os primeiros homens saíam à caça e as mulheres desenvolviam a agricultura.

"Mas em dado momento da História nós tivemos que nos esconder. As cidades cresciam, os homens dominavam e nós tivemos que voltar para a floresta e resguardar nosso corpo, nossa alma.

"Não me refiro apenas às bruxas que existem no imaginário coletivo, aquelas vestidas com chapéu e montadas numa vassoura. Há feiticeiras que jamais deixaram a mata. Como por exemplo aqui no Brasil, nossas antepassadas índias, cujos genes você carrega em cada célula do seu corpo. Você é feita da magia da natureza.

"Hoje nem todas as mulheres reconhecem sua feitiçaria e por isso toda noite, se você ouvir bem, a floresta uiva um lamento. Fomos reprimidas. Mas há aquelas entre nós que herdaram intuitivamente a sabedoria do feminino. Há aquelas que conseguem ouvir o chamado do instinto mesmo no barulho de um centro urbano.

"Se ouvir bem, você saberá."

Era uma adrenalina que eu nunca havia experimentado, nem mesmo antes de namorar, quando era aquela jovem inexperiente descobrindo o sexo.

Com você eu ouvi o uivo da floresta pela primeira vez. Auuuuuuuu...

Baixei meu capuz pra te ouvir melhor: mas que boca grande você tem...

Ah, os seus encantos eram irresistíveis!

Aparecia de surpresa quando queria, sempre espionando pra ver se eu estava sozinha. Mas na maioria das vezes deixava que eu te procurasse, que eu determinasse quando, onde e como nos encontraríamos. Parecia que — ou pelo menos assim você me iludia — eu estava no controle da situação...

Que poder inebriante.

Em nenhum momento você cobrou que eu terminasse o namoro com Miguel e assumisse nosso romance, o que a princípio achei estranho: será que você me amava mesmo ou queria apenas uma aventura? Você me amar poderia ser apenas uma fantasia minha... afinal, não falava em amor, só queria saber de sexo.

E se você fosse, na real, um belo cafajeste?

Quantas vezes percebi um sorriso estranho nos seus lábios e um lampejo de malícia nos seus olhos — percebi? Como se estivesse se divertindo com a situação. Ter conquistado a namorada do seu melhor amigo, uau!

Seria o gosto pelo proibido ou uma competição entre machos?

Em nenhum momento me passou pela cabeça que você também pudesse estar inseguro a meu respeito. Afinal, eu era sempre tão *blasé* com você... Isso só foi me ocorrer recentemente, depois de tudo, depois que.

Procurei observar melhor o seu relacionamento com Miguel, na tentativa de entender suas motivações. Compreendi que você nutria por ele uma grande admiração e respeito, um afeto absolutamente verdadeiro. No entanto sentia também muita inveja.

Ora, claro que sentia inveja! Sempre há essa cobra se esgueirando pelos espaços vazios.

Inveja de quê? De ele ser um cara incrível, tão firme e querido, enquanto você era fechado, defendido de todos. De ele ter um traquejo social muito maior que o seu. De ele ser um grande profissional, àquela altura mais bem-sucedido que você.

Não que te faltasse competência ou carisma, oh não, absolutamente. Mas você tinha um clima sombrio enquanto ele era solar.

Havia quem preferisse a sua escuridão. Por exemplo, eu.

Quantas vezes não me perguntei qual seria exatamente o meu papel nessa história, se eu não estaria sendo usada pra você se provar superior.

Mal sabia eu o quanto já estava envenenada...

Ele era tão foda, o meu namorado, que eu não conseguia abandoná-lo, embora essa ideia se fizesse cada vez mais presente na minha cabeça.

Mas abandoná-lo pra ficar com você? E seria você confiável?

Eu estava fragilizada, apesar de supostamente empoderada. Você havia deixado as rédeas na minha mão. Aparentemente, porque eu sempre duvidava. Tinha essa sensação de que, com você, nada era exatamente como parecia. Eu dizia "quero agora" ou "vai embora" e você obedecia — mas eu estava presa.

Estaria mesmo sabendo conduzir a situação? E o que resultaria disso tudo?

Não poderíamos continuar assim para sempre, algo ia acabar acontecendo pra romper com o estado das coisas. Algo sempre acontece.

— Tia, acho que ouvi o chamado da floresta.

Ela me olhou intrigada. Continuei:

— Um lobo uivou para mim.

Minha tia sorriu como se dissesse "ah, eu já esperava por isso". Mas não disse nada, seguiu tecendo sua tapeçaria com dedicação.

— Tia, eu tenho um amante.

Silêncio.

— Mas o que me surpreende é que não sinto como se estivesse fazendo algo errado — eu continuei, não me importando com a expressão neutra dela. — Quer dizer, estou traindo o Miguel e isso não é certo, já que não foi isso que concordamos em relação ao nosso relacionamento. Estou me sentindo culpada por isso, sim. Acontece que me parece... inevitável.

— Por quê, minha filha? — minha tia respondeu pacientemente. — Sempre temos escolha, embora nem sempre tenhamos consciência.

— Então talvez me falte consciência, porque sinto que não tenho escolha. É mais forte do que eu. É uma atração irresistível, mexe com o que há de mais primitivo em mim. Com meus hormônios, com um estranho desejo pelo proibido, provoca um êxtase meio místico até. Sinto-me poderosa assim. Mas sinto também que estou prestes a me foder...

Ela me olhou piedosa. Era como se confirmasse minha previsão trágica, ao mesmo tempo que, em sua enorme sabedoria, se compadecesse do meu drama.

— Tia, já analisei meu mapa diversas vezes, mas os astros não estão me esclarecendo sobre o que está acontecendo comigo. É só porque Plutão está saindo da casa 5 do amor e da criatividade, que estou me apaixonando por outro? Mas por que trair, por que desse jeito? Plutão não está fazendo aspecto com nenhum outro planeta diretamente...

— Os métodos de Plutão são imponderáveis, você sabe disso. Ele sempre toca no que há de mais escondido em nós. Além disso, a casa 5 tem uma conotação edípica. Fala da relação triangular entre pai, mãe e filho...

— Mas o que há no meu mapa que sugira esse conflito?

— Minha filha, esse conflito faz parte do nosso amadurecimento afetivo, cedo ou tarde o experimentamos... mas creio que seja a hora de você receber uma lição astrológica para a qual a venho preparando há muito tempo.

A iminência da revelação me provocou um frio na barriga: ali eu começaria a processar conscientemente a mais profunda transformação da minha vida, eu sabia. Era como se eu estivesse novamente diante da mulher-esfinge no portal na floresta, a mulher que, no meu sonho, era eu. A imagem dela surgiu na minha mente e seus olhos negros relampejaram pra mim.

Minha tia se levantou e foi até o baú que mantinha trancado na parte de baixo da sua enorme estante. Muitas vezes durante as minhas lições astrológicas a vi abrir aquele baú e tirar de lá algo secreto. Ela dizia que me mostraria o que havia ali aos poucos, conforme eu estivesse preparada pra receber a informação. Preferia deixar guardado o que não queria que eu fuxicasse com juvenil curiosidade. "Tudo tem seu tempo", ela me dizia. "Conhecimento antes da hora não germina."

Desta vez, ela tirou um livro antigo e grosso, que tinha a capa de couro e as folhas amareladas pelo tempo.

— Este é um livro raro, do tipo que não se encontra em lugar nenhum. É um tratado de astrologia cabalística dos anos 1980, escrito em hebraico, para o qual tive que pedir uma tradução profissional. O seu objeto de estudo é uma figura feminina desconhecida entre nós, que no entanto foi a primeira mulher de todas.

— Eva? — perguntei automaticamente, lembrando que a gênese bíblica é a narrativa mais conhecida do mundo sobre a origem humana.

— Não, minha querida. Antes de Eva, havia Lilith.

— Sua origem não é judaico-cristã. Na verdade, ela nasceu na Suméria, no território que era chamado Mesopotâmia, hoje conhecido como Oriente Médio, e onde também nasceu a astrologia a partir das observações celestes de um outro povo que vivia ali, os caldeus. Os primeiros registros encontrados de Lilith datam do século VI a.C.. Existe uma imagem em terracota dessa mulher de seios e quadris largos, cujos pés são garras, dotada de asas e cercada por animais.

"Ela era um súcubo, um demônio feminino que copulava com os homens durante o sono e gerava filhos igualmente demoníacos. Também era temida pelos danos que podia causar aos bebês recém-nascidos, principalmente os do sexo masculino. Parece haver uma correlação entre o feminino que começava a ser reprimido pela crescente civilização patriarcal e o mito de Lilith como uma ameaça vinda do inconsciente: a raiva.

"Posteriormente ela reapareceu na Bíblia. Embora tenha sido excluída da versão cristã, permaneceu nos escritos sagrados judaicos como personagem fundamental na trama da criação. Lilith também foi feita do barro e do sopro divino, como Adão. Ambos foram criados para, juntos e em condição de igualdade, habitarem o Jardim do Éden.

"No entanto, o mito descreve a já estabelecida desigualdade entre homem e mulher ao dar voz à reivindicação de Lilith à Adão. Por que ela deveria ficar sempre por baixo durante o sexo? — foi a pergunta que fez à

Adão. Sim, o primeiro homem e a primeira mulher faziam sexo, não viviam como ingênuos e assexuados no Jardim das Delícias, não...

"Diante da recusa de Adão em inverter as posições, como uma ordem que não podia ser transgredida, ela preferiu fugir do Paraíso a permanecer subordinada. Há duas versões diferentes pra esse desfecho. Uma diz que Lilith teria se exilado numa caverna no Mar Vermelho, onde viveria até hoje em liberdade, copulando com os viajantes que por ali passam, gerando filhos demoníacos que se espalham como temores pelo mundo. A outra diz que ela teria sido morta pelos anjos enviados por Deus a pedido de Adão para trazê-la de volta. Como ela se recusou...

"Eva, feita da costela de Adão, veio como uma compensação para o abandono de Lilith. Eva já nasceu em condição de submissão. Lilith, porém, retornou ao Paraíso como uma nova personagem, vestida com a roupa que os homens consideram mais adequada a ela: a de serpente.

"Ao contar a Eva que o fruto proibido lhe revelaria a verdade sobre a criação, Lilith estava agindo mais uma vez de acordo com sua natureza transgressora, determinada a estabelecer uma nova ordem. Ela queria libertar Eva, e não prejudicá-la. Entretanto, ao se descobrirem nus, Adão e Eva sentiram vergonha. De quê?"

— De quê? — perguntei, olhos arregalados de fascínio com a história que ouvia sem respirar.

Minha tia, porém, não respondeu.

"Como punição a essa desobediência, Adão e Eva foram expulsos para sempre do Éden, destinados a lutar pela sobrevivência que até então lhes era garantida. Drama que é eternamente revivido por nós, seus descendentes, geração após geração. Além disso, as mulheres foram punidas com as dores do parto. E, é claro, com toda a repressão à sua força geradora, com os abusos que sofremos por sermos consideradas culpadas pelo pecado original.

"Na astrologia, o apogeu da órbita lunar ao redor da Terra, ou seja, o ponto mais afastado onde a Lua pode chegar, recebeu o nome de Lilith, também conhecida como Lua Negra. A Lilith astrológica não é um corpo celeste, mas uma localização espacial. Por isso muitos também dizem ser ela a sombra da Lua — você sabe que a Lua está associada ao lar e à maternidade, ao colo, ao alimento e à proteção. Perigeu é o ponto em que a Lua está mais perto do nosso planeta, e a Lilith astrológica está em oposição a essa proximidade, é um lugar de exílio. É a dor do abandono. É onde o desejo e o medo se misturam de tal forma que não se pode discerni-los. Lilith é a libido, essa força igualmente criativa e destrutiva porque é indomável. Eros e Thanatos, na linguagem psicanalítica, que são as pulsões de vida e de morte. Para Lilith não há regras, apenas instinto.

"Onde temos Lilith no mapa não aceitamos nos submeter, precisamos reconhecer a nossa autonomia e seguir nossas próprias orientações e vontades, mesmo que isso signifique ser rejeitado. O signo e a casa onde está nossa Lilith natal representam o que precisamos desobedecer para encontrar a nossa verdade.

"Nós, humanos, não sabemos lidar com a demanda de Lilith pela liberdade, por isso a reprimimos. Nós a enterramos viva. Homens e mulheres a têm no mapa astral atuando da mesma forma — mas por ser uma energia feminina, sua projeção recai sempre sobre as mulheres, que são tratadas com violência pela suposta ameaça que representam. O resultado disso é que estamos subjugadas.

"Mas ela está ressurgindo — sua força vem crescendo nos últimos anos. E você é uma das mulheres que vão lhe dar à luz. Neste momento, Plutão transita sobre a sua Lilith em Capricórnio na casa 5."

Vi estrelinhas de tão tonta que fiquei com toda essa informação, ainda mais com a revelação da minha própria Lilith, que eu descobria no momento em que esta recebia a conjunção de Plutão... assustador demais.

— Tia, o que essa Lilith significa pra minha criatividade? É por isso que eu vivo nessa crise de identidade, que eu não consigo entender e expressar a minha potência artística? E filhos, eu vou ter um dia?

— Antes disso você deve refletir sobre o relacionamento com seu pai, o primeiro tema da casa 5 a aparecer na vida de uma pessoa.

— Mas a relação com o meu pai sempre foi...

— De temor. Mas, ainda assim, depende bastante dele em termos emocionais — lembrando que você tem o Sol, que também reflete a figura do pai, em Sagitário na casa 4, a do lar e da família. Esse pai é imenso e tem uma autoridade que ninguém mais tem sobre você. É paternalista...

— ... é...

— ... enquanto sua relação com a mãe é de desconfiança, com essa sua Lua em Escorpião. Você a sente como manipuladora. Ela é sua maior rival.

— ... rival?

— Juntou com Lilith em sua desobediência à lei do pai na casa 5, temos aí um Complexo de Édipo difícil de admitir...

— Mas, tia, eu não quero matar minha mãe e casar com meu pai.

— Não em termos literais, não é assim que funciona no desenvolvimento psicológico de uma criança. Tudo isso é também muito discutível na psicanálise de hoje em dia, mas podemos dizer que, em termos gerais, o Complexo de Édipo representa a imagem dos genitores que temos dentro de nós: trata-se de uma morte simbólica, portanto. E, de qualquer maneira, a Lilith na casa 5 subverte inclusive esse complexo. Com essa Lilith, você não quer casar com o pai, ou com alguém que seja um reflexo deste: pelo contrário, quer crescer, amadurecer e se libertar para poder ser você em toda a sua individualidade, ter autoridade sobre a própria vida. Um parceiro tem que respeitar sua autonomia! Mas, até que compreenda isso, pode ficar procurando seu pai nos seus parceiros, não reconhecer sua própria independência e se prender ao tradicional formato de família, se relacionar com pessoas dominadoras, rígidas, frias. Ou talvez seja você quem não consiga abrir o coração pra amar ninguém.

— Ai, que complexo isso...

— E, na verdade, a imagem paterna que você carrega aí dentro é como se seu pai fosse um Deus.

Só de pensar em como a relação com meus pais podia ter moldado meus relacionamentos amorosos, fui tomada por uma angústia muito antiga. Era uma questão muito incômoda, na qual, sinceramente, preferia não mexer.

Até porque não fazia muito sentido pra mim naquele momento. Não ainda. A ideia de que eu pudesse querer um parceiro que fosse como meu pai, por exemplo. Meu pai era um escorpiano ambíguo com o ascendente em Gêmeos. Por um lado, era um homem de altos valores morais — que, no entanto, havia conquistado um patrimônio considerável no mercado financeiro com apostas ousadas e viradas estratégicas, jogadas da sua Lua em Aquário. Mas com a família ele era conservador. Tinha me criado de forma afetuosa e superprotetora. Eu era sua filhinha querida, mimada em comparação ao meu irmão mais velho, que estava sendo disciplinado como sucessor (e com quem eu não tinha nenhuma afinidade, éramos distantes). Mas eu morria de medo que meu pai descobrisse o que eu aprontava por aí porque seus sermões e castigos podiam ser bem severos.

Pensando na minha relação com o Miguel, que era capricorniano, eu tinha um parceiro que me oferecia segurança afetiva. Mas o Miguel era um artista sensível e não um moralista. Suas aspirações eram muito mais criativas e estéticas que materiais. Por outro lado, ele também era um profissional renomado em seu meio.

Tudo isso tinha a ver com a minha configuração astrológica na casa 5, que mostra a imagem do meu pai que de alguma forma molda a minha identidade: o cármico nodo sul em Capricórnio representando esse progenitor controlador, competente e bem-sucedido, que me enquadrou na rigidez, e a Lilith no mesmo signo, então, como o fator de atração-repulsão por essa dinâmica. A Vênus em Sagitário ali era o afeto generoso do meu pai, porém atraído por valores supostamente "elevados", o lado meio fanático que esse signo pode ter, né? Pessoalmente pra mim, que sou mulher e, portanto, com maior afinidade com Vênus, o apelo da liberdade da arte era inegável: era a minha válvula de escape do peso da lei paterna.

Eu não podia deixar de pensar que você era de Escorpião como meu pai...

E meu pai traía a minha mãe desde que eu me entendia por gente. A primeira vez que eu percebi isso foi aos 4 anos, quando acordei no meio da noite com uma discussão entre eles. Minha mãe chorava muito e gritava "quem é essa piranha???".

Sempre me perguntava por que ela continuava casada com meu pai se ele obviamente nunca havia deixado de traí-la. É verdade que havia evidências, mas não comprovações, pois ele era discreto, como bom escorpiano. Mesmo assim, pra mim era tudo uma grande hipocrisia. E minha mãe era uma libriana bonita, inteligente e de bom gosto. Tinha uma vida social ativa e impulsos de autenticidade que às vezes contrastavam com a necessidade de agradar a qualquer custo, como costuma acontecer com os nativos da Balança. É que ela tinha ascendente em Áries e podia ser bem agressiva com sua crítica também. No fim das contas, ela sempre acabava se anulando pra ficar bem com o marido e manter a família unida, acho que por conta da formalidade da Lua em Capricórnio, em seu medo de ficar só. No fundo ela era triste por isso, eu sabia, embora disfarçasse com uma máscara de bem resolvida.

Comigo, eu a sentia como controladora também. Estava sempre de olho no que eu fazia ou com quem andava; forçava uma barra pra eu ser do jeito que ela gostaria. Ao contrário da minha tia, minha mãe não havia desenvolvido a bruxaria das nossas antepassadas da selva. Mas, em algum nível, eu sentia que ela possuía um certo poder, embora o negligenciasse.

Eu estava intrigada com Lilith e não sossegaria enquanto não a desvendasse por completo. Se minha tia havia demorado tanto para me contar sobre essa mulher que foi a primeira de todas, e que no entanto teve que permanecer escondida durante milênios, é porque ela representava um perigo. Não podia ser tratada de maneira leviana.

Entretanto, minha primeira impressão era que eu estava saboreando um fruto delicioso.

"Gostosa, vou te lamber toda", você respondeu ao meu *nude* em que eu segurava o peitinho pra fora do vestido com uma mão enquanto a outra subia a saia na intenção de mostrar mais que as pernas bem torneadas.

De repente, tudo o que importava na vida era foder. Plutão em trânsito sobre a minha Lilith natal tinha despertado o meu instinto selvagem, provocado o desejo de me libertar das amarras da repressão. Como se ela, Lilith, tivesse me autorizado a fazer o que eu bem entendesse.

Eu e você éramos amantes proibidos, e eu adorava ter dois homens só pra mim. Assim eu podia viver duas histórias diferentes: de um lado a segurança e estabilidade de um companheiro amoroso, do outro a excitação e o risco de um amante apaixonado.

Estava assumindo a minha natureza transgressora e a sentia como uma liberdade sem limites.

Como esse poder era inebriante!

E, se com cada um dos meus dois homens eu era uma, então eu podia ser tudo o que queria.

Dividida, porém inteira!

Cada vez mais bonita, casaco de couro, olhos delineados, cabelos selvagens, boceta em chamas, eu vibrava sexo por todos os poros. Recebia cantadas explícitas, de repente todos me queriam. Como era bom ser desejada!

Nem precisava me preocupar com meus próprios desejos, pois passaram a ser facilmente satisfeitos, assim, num estalar de dedos: "Ah você não está disponível hoje? Então dá licença que eu vou ali ficar com ele". "Vem cá meu bem que hoje eu quero dormir de conchinha com você." "Não, hoje eu quero ficar sozinha".

Eu era disputada, imagina!

Poderia ter continuado assim para sempre, eu e meus dois amores. Não queria abrir mão de nenhum dos dois. Morreria feliz em seus quatro braços — e sempre haveria outros pra qualquer eventual diversão, se eu quisesse.

A luxúria entorpece os sentidos. Mesmo com tantos questionamentos, o que eu sentia era uma explosão de afetos que obscureciam o meu discernimento.

E obtinha muito prazer com isso.

Mas talvez porque eu estivesse ótima demais, você começou a se incomodar.

E a me incomodar.

Desceu na esquina da minha rua, segurou meu braço e me pegou de assalto. Eu ia gritar quando você me abraçou pelas costas e tapou minha boca.

— Olha só, uma moça bonita andando sozinha por aí...

Arranquei suas mãos de cima de mim com raiva.

— Você está louco? Quer me matar de susto?

— Hahaha! — você riu de um jeito meio insano, o que me retraiu. — Foi só uma brincadeirinha. Você não respondeu à minha última mensagem. Estava com saudade...

— Porra, João! A gente precisa se afastar um pouco pra não estragar meu relacionamento com o Miguel. E você não tem nada que continuar me perseguindo, que coisa! Já deu, né?

— Não estou te perseguindo, só vim te ver e chegamos juntos, oras. Não precisa ficar brava — você tentou remendar.

— Não teve graça — respondi, nervosa.

— Eu não quero me afastar de você — foi sua resposta, olhando nos meus olhos.

— Eu nunca disse que me separaria dele — respondi, desviando.

Seu silêncio me disse tudo. Assim entendi que, mesmo que nunca tivesse me cobrado nenhuma definição, você esperava por ela. Pacientemente. Até que se tornou impaciente.

A escolha então era minha. Era?

Porra, que tensão ser pressionada assim, do nada, no meio da rua!

— Não me faça cobranças, jamais prometi nada.

— Eu não estou cobrando nada...

— Não é isso que está acontecendo, João.

— É melhor a gente conversar sobre isso, senão...

— Senão o quê? Você vai me deixar? Talvez seja melhor você fazer isso.

— Eu não vou te deixar — você disse e virou as costas e me deixou ali, sem saber o que fazer com o que já era um indício de uma violência emocional.

Eu nunca havia cogitado largar você, o meu amante.

A única hipótese que considerava era a de abandonar o meu namorado.

Mas por quê? Não seria esta uma escolha burra?

"A natureza erótica de Lilith é uma tentação. O seu magnetismo sexual exerce um enorme poder de atração, mas o seu desejo é acima de tudo pela liberdade. Ela quer se mover, agir, escolher e decidir por contra própria, ela arde por isso. Ela tem a coragem de assumir sua autonomia, que é selvagem e instintiva. Quando sua expressão é reprimida na sexualidade de uma pessoa, seja homem ou mulher, porque todos a têm no horóscopo, ela pode se sentir atraída por ações moralmente condenáveis, podendo engatilhar até alguns mecanismos de perversão. Tudo porque ela precisa transgredir de alguma forma, esse é o seu princípio; porém, quando castrada, ela entra em um modo obsessivo, se torna raivosa, vingativa e autodestrutiva".

Eu não conseguia confiar em você. Um dia, antevia, você faria o mesmo comigo, me trocaria por outra. Quem faz uma vez faz duas, certo?

E se eu trocasse o certo pelo duvidoso e tivesse que pagar um preço alto demais?

"Lilith é a qualidade pela qual a pessoa se nega a ser aprisionada em um relacionamento. Não é que ela não queira se relacionar. Lilith é uma mulher e é da natureza feminina se envolver com quem ama. Por isso, as mulheres incorporam mais a Lilith do que os homens, que tendem a projetar sua própria Lilith nas mulheres com quem se relacionam, embora eles também possam incorporá-la. O fato de Lilith não querer depender de ninguém nasceu da sua demanda por direitos iguais, o que lhe pareceu lógico. Quando não é respeitada e acolhida em sua individualidade e liberdade, ela prefere ir embora a se submeter. Mas Lilith não estava feliz ao fugir do Éden, ela partiu com ressentimento. Por isso, o ponto onde temos Lilith no mapa astral, por signo e casa astrológica, se não for bem integrado pode acabar se tornando a causa das rupturas, das separações, do desamparo. É nesse ponto onde podemos nos sentir mais rejeitados. É a ferida da exclusão e do exílio."

Mas no universo dos desejos não há garantia de nada.

Não é só por querer que eu posso ter. É?

Minha alma e meu corpo pediam por você. Era com você que eu me sentia livre, por mais aprisionada que estivesse. Era você quem conhecia os meus recantos mais obscuros, os meus desejos mais vis e mais sublimes, o meu sabor amargo e o doce.

"Lilith é um impulso libertário e, ao mesmo tempo, uma potência reprimida. Mas é assim que Lilith extrai sua força energética libertadora: da oposição. Isso é perigoso, porque, em uma sociedade misógina, em muitos casos chega-se às vias da violência, tamanha a supressão do princípio que Lilith representa. É preciso muita autoconsciência para, dentro de alguns limites saudáveis, por mais que se trate de uma experiência psicológica dolorida, enfrentar o desafio de cumprir o seu destino Lilith-transgressor, pois é o questionamento das leis e do *status quo* que a oprimem, aprisionam ou que não fazem sentido para ela que faz com que ela se revele."

Você me conhecia profundamente, mais do que qualquer outra pessoa. E mesmo assim não conhecia, porque respeitava os meus mistérios. Você se regozijava com a aventura de me desvendar. Era bem recompensado pela insistência, astúcia e erotismo. O nosso jogo de sedução jamais se esgotava.

Mas havia esse terrível desejo de perder. Um desejo do qual eu ainda não tinha consciência — quem é capaz de admitir querer perder o que gosta, de uma hora pra outra?

Não há ganhos sem perdas e vice-versa, mas há momentos em que a perda pode ser maior que o ganho.

Eu achava que perder o certo — meu namorado — seria a maior das perdas, mas estava me enganando: perder você, que era também mistério, seria a verdadeira tragédia.

Afinal, era com você que eu sentia um louco prazer!

"Lilith é libido, força criativa e destrutiva que mobiliza as energias que geram e transformam tudo nesse mundo e que fogem ao nosso controle, mas que pedem autodomínio. Podemos considerar que Lilith é um recurso natural de evolução da espécie, pois ela promove uma mutação. E o faz ao provocar uma conscientização aguda. Ao ir contra a ordem vigente, ela instaura uma nova ordem. Às vezes ela faz isso por necessidade, diante de alguma injustiça; mas às vezes é por puro capricho. Ela é anárquica. Não há limites para sua liberdade."

Não havia como terminar o namoro para ficar com você sem que ele soubesse que estávamos juntos havia muito tempo. Quanta dor isso acarretaria! E o desconforto social que isso traria para todos nós? Porque esse papo de amor livre, toda a discussão sobre formatos e dinâmicas de relacionamento e sexualidade que rolava na época, tudo isso era tão mal resolvido, na prática era tão complicado ainda se relacionar — o que representava, afinal, a liberdade que reivindicávamos? Poderíamos amar e estar com mais de uma pessoa ao mesmo tempo, viver um poliamor? Seria essa uma verdade universal, mesmo? A nossa natureza não era monogâmica? Era isso o que desejava, e você, e ele? Essa proposta não me convencia... eu não me sentia confortável nessa relação múltipla, não combinava comigo porque eu ainda esperava por um amor leal e pra mim isso significava fidelidade — mas a traidora era eu!

Acima de tudo, nós éramos amigos. Não só eu, você e ele, como todo um grupo de pessoas ao nosso redor. Se assumíssemos o nosso caso, pela forma como ele aconteceu, seríamos exilados do grupo, seríamos os párias. Se há alguém que a sociedade não admite é o traidor.

"Lilith prefere trilhar um caminho próprio e fazer o que quer, mesmo que isso lhe traga alguma punição. O exílio, afinal — o seu lugar de poder, onde finalmente entra em contato com sua potência transformadora —, é o deserto abrasador, árido e solitário, que nela provoca imagens bruxuleantes, transes e poderes mágicos."

Então eu pensava na minha vida sem você e me convencia: não podia viver sem você.

Mesmo que tivéssemos que começar uma nova vida em outro lugar.

Ir embora podia ser uma saída, partir é sempre uma saída, não?

"Lilith é o segredo dos segredos. "

Estava de volta à floresta do meu sonho.

O céu escureceu de repente, relampejou — e em vez do trovão, pelo céu ecoou: auuuuuuuuuuuu...

Ao redor, não se enxergava nada além dos vultos das árvores. Eu suava frio.

Continuei caminhando desorientada, precisava sair dali. Não havia direção a seguir, qualquer sentido podia dar em qualquer lugar — mas onde? Que sensação horrível não ter conhecimento, nem escolha.

Ouvia estalos, sussurros, rastejos, sons de todos os tipos que vinham de todos os lados e do nada, e que aos poucos começaram a se delinear em uma estranha harmonia.

A sinfonia da floresta.

Até que encontrei uma clareira na mata. Ao centro havia uma árvore majestosamente sombria. Intuitivamente eu sabia que era a mais antiga do mundo.

Eu estava sendo observada?

Era como se houvesse alguém atrás de mim. Ou ao meu lado. Diante de mim? Era como se o céu fosse um grande olho.

Nesse momento, o sol se abriu. A árvore resplandecia de frutos vermelhos que refletiam um tom dourado. Havia até borboletas voando, tão idílico se revelou o bosque. Descobri-me nua. Uma energia serpenteava por baixo da pele. O calor que me abraçava era aconchegante. Desejei permanecer ali pra sempre.

Então eu vi Miguel deitado embaixo da árvore; o corpo na relva, a cabeça recostada em suas grossas raízes. Despido, ele adormecia.

A campainha soou no meio da noite. Meu coração se apertou porque eu sabia quem me chamava — disparou como um solo de bateria que anunciava a porrada.

Parei atrás da porta hesitante, tentando me acalmar. Não conseguia abrir, sentia essa repulsa que emanava de você do outro lado.

"Oh Deus" — clamei baixinho —, "é agora que você vai me punir, não é?"

Abri a porta de cabeça baixa.

Você me olhou com tanta dor, como se enfiasse uma faca no meu peito. Ficou ali parado, me olhando desse jeito por tanto tempo que nem sei. Eu, sem reação, só podia sentir meus olhos ficando marejados.

— Como você pôde? — me disse afinal, com a voz engasgada, tentando conter em si toda a raiva.

Compreendi que, apesar de tudo, você não queria me machucar, mesmo que eu merecesse. Ainda estava ali tendo cuidado e respeito por mim.

Não queria me machucar! E isso fazia de você tão grande e de mim tão baixa.

Por isso as lágrimas rolaram soltas, desatei a soluçar e caí de joelhos no chão.

Você não me ajudou a levantar. Entrou e ficou parado em frente à minha cama.

Eu não podia ver seus olhos, mas sabia exatamente como era o seu olhar: escancaradamente doído, lutando contra qualquer lampejo de raiva.

— Eu jamais poderia imaginar, essa era a última coisa que eu esperava de vocês — foi o que conseguiu me dizer.

E eu me atirei aos seus pés, suplicante e desesperada:

— Me perdoa, amor, por favor, me perdoa! Eu nunca quis te fazer mal!

— Não me chame de amor.

O meu desespero crescia e minha voz se exaltava.

— Por favor, me perdoa! Não tenho como justificar o que fiz, mas não fiz por mal! Aconteceu, é uma merda mas aconteceu! Mas eu te amo, eu te amo muito, isso não é nem nunca foi mentira, é por isso que eu não sabia o que fazer — você tentou se soltar das minhas mãos trêmulas. Andando pra trás, continuei:

— Menti muito sobre muitas coisas, mas nunca menti sobre o meu amor por você! Eu fiz de tudo pra te preservar dessa merda enquanto tentava achar uma solução, não fui capaz de resolver porque sabia que qualquer coisa que eu fizesse daria merda, entende? Por favor, não me julgue mal, eu não te quis mal!

— Mas fez mal, muito mal.

— Eu sei! Eu sei... mas não sei o que posso fazer pra reparar — eu soluçava.

— Não há reparação possível.

Você nem sequer conseguiu olhar para mim. Mesmo que eu tenha tentado me aproximar, mesmo que tenha feito de tudo pra permanecer no seu campo de visão e tentado segurar o seu rosto. Não consegui mais te alcançar. Com um simples gesto você me afastou como a uma mosca.

Eu disse com o rosto encharcado de lágrimas:

— Espera! Não vai embora, não sai assim, vamos conversar, por favor! Essa situação toda pede mais compreensão do que julgamento — foram as minhas últimas palavras pra você em muito tempo, num último traço da racionalidade que em breve seria totalmente perdida.

Mas você respondeu, fatídico:

— Eu nunca mais quero ver nem falar com você.

E fechou a porta, me deixando sozinha com meus soluços que irromperam num grito de horror.

Você me deixou jogada no chão da minha casa, farrapo humano, a porta pra sempre trancada por fora.

E cumpriu o que disse. Não quis mais me ver e nem falou comigo. Não respondeu às minhas mensagens e telefonemas. Recusou-se a receptar as minhas súplicas telepáticas.

Nossa ligação estava cortada.

Então eu conheci a dor.

Fiquei completamente deprimida e apática. Não tinha força para dormir, pra acordar, pra levantar, trabalhar. Não tinha força nem mesmo pra chorar, embora derramasse torrentes de lágrimas. Passava os dias olhando para o nada. Zapeando a esmo na TV. Rolando as páginas sem ler. Sem me comunicar com o mundo. Evitando o contato de quem tentava se aproximar. Pensando em enfiar a faca no peito toda vez que eu jantava sozinha.

Eu me isolei de tudo e todos porque estava com vergonha.

Quantas horas, dias, meses ou anos se passaram desde que você fechou a porta atrás de mim?

Eu não estava preparada para a nossa separação. Jamais havia parado para considerar se suportaria a consequência dos meus atos.

Na minha cabeça o filme da nossa história se repetia incessantemente sem que eu conseguisse apertar o *pause*. Tinha como trilha sonora um *jazz* choroso, e, envolta pela fumaça do cigarro, eu revia e revivia obsessivamente cada momento desde que nos conhecemos. Cada gesto de carinho. As conversas. Os êxtases. As agonias. O futuro que ficou só na promessa.

Estava arrependida de muitas coisas, mas não de tudo. Não conseguia me arrepender dele. Porque ele tinha uma força sobrenatural na minha vida.

Isso era tão claro, tão vital que não podia ser negado.

Eu queria que você compreendesse e que me perdoasse para que eu me sentisse menos miserável. Mas acho que seria exigir demais de você. Eu compreendia o seu lado, embora não aceitasse. Sabe como é, difícil digerir um abandono, mesmo merecido.

Até tentei evitar me encontrar com ele durante o meu luto. Não só porque ainda não sabia o que fazer, mas também porque não queria que ele me visse naquele estado deplorável. Temia que ficasse magoado por eu estar sofrendo tanto pela sua perda e que acabasse me abandonando também.

Que triste fim seria esse, não? Depois de tudo, ainda terminar sem os dois, completamente sozinha. Eu estava morrendo de medo que isso acontecesse, mas no fundo eu achava que era o que merecia.

A essa altura eu ainda estava me debatendo entre a culpa e a aceitação da natureza.

Felizmente o meu temor de que você também me abandonasse se mostrou infundado. Você continuou com sua insistência habitual, contornando a minha resistência e aparecendo na minha casa de surpresa.

— Vim trazer o seu *Pad Thai* preferido, bem picante do jeito que você gosta. E essa garrafa de saquê geladinho.

Eu te odiava por isso. Você me encontrava nos meus piores momentos, olheiras profundas, a ruína em pessoa. Eu queria que você me visse sempre linda, queria manter o mistério e o encanto. Mas você parecia não se importar, ao contrário. Parecia até gostar de me descobrir humana.

— Você é tão mais bonita sem maquiagem.

Naquele momento era só com você que eu podia contar porque estávamos juntos nessa. Ele também não quis mais te ver nem falar com você. Se perdi um amor, você perdeu um amigo.

Durante um tempo, você foi a única pessoa com quem convivi. Ficávamos os dois sozinhos em casa, você cuidava de mim com carinho, fodia gostoso e eu te amava por isso.

Você chegou até a limpar a casa pra mim. E me beijava com o mesmo desejo de sempre, lambia minhas feridas, me abraçava pra eu dormir, não ia embora até se certificar de que eu ficaria bem.

Eu não percebia, mas assim você também estava sutilmente me dominando.

Alguns amigos não foram legais comigo quando assumimos nosso romance.

Entrei no Facebook depois de algumas semanas *offline* e, para minha surpresa, uma amiga do Miguel havia desfeito a amizade comigo. Entrei no perfil dela para entender o que havia acontecido e encontrei essa publicação rancorosa, na qual ela dizia, sem citar nomes, que estava arrependida de ter confiado numa pessoa mau-caráter.

Enviei uma mensagem *inbox* para outra amiga em comum e expliquei que precisei me afastar um tempo e que não havia entendido por que a outra havia me deletado. Ela visualizou a mensagem e jamais respondeu.

Aquilo me perturbou ainda mais.

Você havia me alertado de que isso aconteceria. Apesar de também estar sendo julgado, ainda estava autorizado a circular entre eles, embora com certa reserva. Comigo era diferente, porque eu fui expulsa do nosso círculo,

Até nisso, existe machismo. "Ah você traiu um amigo? Não se trai um amigo, *bróder*. Mas tudo bem, porque você é macho. Só não faça isso comigo, estou de olho!"

Algumas mulheres, por incrível que pareça, julgaram você muito menos do que a mim. Não rolou sororidade da parte de todas. Fui chamada de traíra, de falsa, de puta e tudo o mais de ruim que possa se dizer de uma mulher que traiu o namorado. Começaram a me olhar torto, para elas eu era um demônio. E se eu não me desse por satisfeita e roubasse os namorados delas? Dentre os rapazes, alguns me ignoraram, outros acharam que eu estava sexualmente disponível para todos e me assediaram sem pudores.

Como se eu me dedicasse a trair as pessoas, como se só com isso obtivesse prazer, como se tudo o que vivemos, eu, você e ele, não fizesse parte de um contexto com afetos muito específicos e que só dissesse respeito a nós, os envolvidos.

Afinal, a sacrificada da história fui eu.

Se o estrago já estava mesmo feito, não havia mais empecilho para eu e você ficarmos juntos.

Então o mundo que se adaptasse, porque nós estávamos juntos e ponto.

E foi assim que você me possuiu completamente: mordendo a minha nuca, rosnando no meu ouvido, babando no meu colo, apertando o bico dos meus seios enquanto me penetrava.

Era amor, oh era amor! Você conquistou definitivamente o meu coração no momento em que eu mais precisava de amor.

Você conquistou o meu coração porque foi capaz de amar as minhas ambivalências. Não pode haver amor maior que esse.

Agora eu só tinha a você. Agora você só tinha a mim.

Então precisávamos demais um do outro. E era bom demais precisar um do outro. Pudemos dar vazão ao nosso sentimento mais puro, pudemos expressar todo o nosso romantismo.

Você puxava os meus cabelos e eu gemia de dor, sem nem olhar para trás lançava meus braços com raiva e acertava um tapa na sua cara.

Você me virava de frente, me jogava na cama e vinha por cima de mim. Com um lance sensacional de pernas, eu conseguia montar em você como um cavalo, me esfregar na sua pélvis em transe erótico incontrolável.

Você me penetrava vigorosamente com furor delicado, determinado a ir ainda mais fundo no ponto. Seus dedos ávidos buscavam o meu clitóris e cada toque era como um retoque na alma, era vibração: como os dedos nas cordas de uma guitarra, o som que saía era metal, o gozo era uma explosão.

Eu floresci. Meus seios se arredondaram e se eriçaram, minhas curvas se radicalizaram, minha pele transformou-se em porcelana, meus cabelos foram domados.

Eu era sua e você era meu, como eu era tola.

Aquela mulher diante do portal de pedra era eu, como sou hoje.

Ela permanecia em posição de estátua, me olhando como uma esfinge.

Então fez um passo de dança e abriu passagem.

Atravessei a ponte. Seus olhar não se desviou do meu em seu corpo imóvel.

Antes de abrir os olhos e acordar na minha cama, ainda pensei: "Ela sou eu, mas eu não a conheço".

Não tinha lido mais nenhuma linha do Grande Livro de Lilith desde o término do meu namoro com Miguel.

Não foi uma decisão consciente. Foi provavelmente uma tentativa de repressão à minha própria Lilith, bem ao modo como a tratamos desde sempre: negando-a.

Se ela já tinha me enrascado naquela dolorosa experiência enquanto eu estava me achando fodona, o que mais poderia sair dali?

No entanto, retomei a leitura após reencontrar com minha versão adulta em sonho, agora que eu era adulta e adentrava minha própria selva.

Logo cheguei a uma parte do livro que demandava estudos de caso: Lilith no mapa astral.

Então me toquei de algo que ainda não queria me dar conta: que você também tinha uma Lilith no mapa astral. E que ela se encontrava em Leão, o signo mais exibido do zodíaco.

"A posição da Lilith no mapa astral revela o lado obscuro da nossa personalidade. Um lado que existe em todas as pessoas, embora cada um o manifeste em suas nuances. Esse é o aspecto da personalidade que inevitavelmente vai levar à sua própria queda se não conseguir lidar conscientemente; em outras palavras, se não dominar seus instintos. Lilith atua no nível mais profundo da psique, nas paixões, gerando um vórtex de energia que desperta fortes emoções e desejos, confundindo a consciência e a impedindo de controlar e regular sua influência."

Você tinha vários planetas em Escorpião, com o Sol, Ascendente, Vênus e Urano, tudo isso na casa 12, a mais inexplicável do mapa astral. Nessa casa astrológica os processos são psíquicos, relacionados à solidão e ao silêncio, à conexão com o inconsciente coletivo e a dimensão espiritual. Um lugar de exílio, que na nossa experiência de vida pode estar relacionado ao isolamento, ao retiro e às internações, em hospitais ou prisões. Um movimento para dentro, um processo de cura, é isso o que acontece na casa 12 até que se estabeleça uma conexão transcendente e intuitiva. Com esse tanto de Escorpião ali, você era intenso, secretivo, possivelmente manipulador, provavelmente incontrolável. Sombrio, podia ser destrutivo...

Sua Lua em Gêmeos na casa 8 — que representa o inconsciente pessoal, a sexualidade e a relação com talento e dinheiro — revelava um emocional dividido. Como se anjinho e diabinho vivessem em conflito dentro de você, em toda a sua ambiguidade. Querer mas não querer? Ficar ou partir? Começar mas não dar continuidade... Mas Gêmeos era meu signo complementar, então a sua Lua casava com meu Sol, ainda que de forma contraditória.

Com Marte em Sagitário, você era extremamente competitivo, e tinha impulsos selvagens, embora escondesse isso bem sob o capacete da invisibilidade escorpiana. Mas seu Marte encontrava meu Sol sagitariano e entre nós saía faísca! Para o bem e para o mal — esse é um aspecto com alto potencial de conflito em uma sinastria, ou combinação de mapas de um casal.

Para completar, tinha mais essa Lilith em Leão conjunta a Júpiter lá no meio do céu, para se achar o dono da porra toda. Indomável? Era o próprio Deus!

Eu, Sagitário com ascendente em Leão, pensava com minha própria cabeça e achava que sabia mais que os outros. Com Marte em Aquário, era rebelde e errática, defendia minha liberdade com teimosia enquanto me debatia com minhas próprias resistências. Tanto meu ascendente leonino quanto meu Marte aquariano batiam de frente com a sua Lilith no mesmo eixo zodiacal — cacetada, era como se você provocasse minha revolta... mas também o meu potencial criativo. Será?

A minha Lua em Escorpião, desconfiada, se garantia nas investigações — mas pelo menos assim eu sintonizava um universo de mistérios, que apreendia intuitivamente. Bruxona, essa minha Lua escorpiana, que casava perfeitamente com seu Sol! E a minha Lilith lá em Capricórnio, dura como uma pedra, não aceitava nenhuma autoridade sobre a minha pessoa porque se pretendia a própria rainha.

"A posição da Lilith no horóscopo também mostra que tipo de pessoa, dentre as que cruzam o nosso caminho, vão desempenhar papéis provocativos na nossa vida, podendo até se tornar nossas inimigas. Mas esses papéis existem para nos ajudar em nossa evolução. Por isso é melhor não nutrir ressentimentos pelas pessoas que vão desempenhá-los, porque são impostos a elas contra a vontade, através do nosso psicológico mecanismo de projeção. Essas pessoas servem como espelhos das nossas próprias sombras."

Quer dizer, eu era um prato cheio para uma relação pautada por um jogo de poder e controle com você. Embora em signos diferentes, nossas Liliths tratavam, cada uma ao seu modo, do mesmo tema da autoridade: a minha era em Capricórnio, mas se encontrava na casa 5, que é associada ao signo de Leão; a sua era em Leão, mas se encontrava no meio do céu, que é associado ao signo de Capricórnio.

Ou seja, as nossas Liliths se atraíam pela insubordinação (ou deveria dizer pelo desejo de dominar?) e se repeliam pelo mesmo motivo.

Então, no meio disso tudo, se intensificou o meu desejo de pintar.

Desde menina que eu tinha essa imagem de mim como artista plástica, mas havia começado pela ilustração — era mais fácil ser contratada pra desenhar para revistas, materiais de divulgação e capas de livros, por exemplo, do que me provar artista. Depois vieram as aquarelas e as colagens que me projetaram nas redes. Mas, na real, era porque algo me impedia de pintar de verdade... porque aí teria que ser algo relevante para o universo das artes, né? E havia o receio de não ter talento suficiente e acabar como apenas mais uma artista medíocre.

Comecei a frequentar as aulas da Escola de Artes Visuais. Em um primeiro momento, aprendi a teoria: como era o processo criativo dos grandes artistas da História, suas referências e fontes de inspiração.

Até que me arrisquei a pintar a primeira tela. Partindo de esboços que fazia em papel, surgiu essa estranha figura feminina demoníaca. Tinha formas sinuosas de mulher, mas olhos muito grandes e vermelhos. Suas mãos e pés alongados de dedos finos eram quase garras, ou quase patas de aranha. Ao fundo, um verde-escuro borrado sugeria uma floresta sombria. Ao redor, feras lhe serviam de guardiões. Ela parecia pronta para atacar quem lhe encarava, como se fosse saltar da tela. Lilith me assombrava: eu estava obcecada por ela, precisava criar algo.

Era um contraste com o trabalho que vendia *online*, bem mais delicado, embora de personalidade. Eu ilustrava o céu e os astros, bosques, animais e também mulheres de cabelos esvoaçantes e vestidos etéreos que podiam ser meninas, fadas, sedutoras, místicas, super-heroínas e deusas — "tão feminino" era como costumavam adjetivar minhas imagens que agradavam moças de todas as faixas etárias.

Ao mostrar meu primeiro quadro para o meu professor de processo criativo, ele o desqualificou como medíocre.

— Isso está uma merda — foi o que disse com desprezo, enquanto eu, com cara de idiota, deixava o pincel escorregar das minhas mãos.

Aquilo me abalou.

Aquilo me abalou mais do que eu gostaria de admitir.

Pintar era um sonho antigo e ser desacreditada e desmotivada assim, logo de cara, me lançou em um conflito interior grave.

É verdade que eu também não tinha gostado tanto assim daquela tela. Na verdade eu havia odiado. Tinha vergonha daquela imagem, a considerava aquém do meu ideal de artista, e também rejeitava aquela figura demoníaca. Mas eu estava tentando me convencer do conceito que havia por trás da pintura, para acreditar que era boa.

Creio que, como toda principiante, tinha a ilusão de que ainda seria considerada genial. Tinha sido uma ousadia com o meu nível de exigência ter mostrado aquele primeiro material sem estar pronta para enfrentar a crítica. Porém eu também estava precisando de orientação...

Voltei para casa com o quadro embaixo do braço e a cabeça baixa.

À primeira vista, você arregalou os olhos diante da imagem, como se tivesse tomado um susto.

Depois riu meio sem graça. Tentou me consolar dizendo que aquilo não deveria de modo algum me desanimar. Que todos os grandes ouviram muitos "nãos" até realizar seus sonhos profissionais, que aquela era só a primeira de muitas outras pinturas, que eu ainda desenvolveria técnica e estilo.

Eu sabia de tudo isso, mas o incômodo foi grande e questionei a minha competência. Temi nunca conseguir me realizar profissionalmente.

Os dias iam passando, e eu tentava esboçar algo melhor. Mas não gostava de nada do que desenhava e nem sequer passava do papel para a tela.

Lá fora, nuvens negras se aproximavam, ainda sem sinal de tempestade. Um bloqueio criativo se instaurou.

— Você ainda vai pintar o que quiser, minha filha. A pintura pode ser o meio criativo pra realizar o seu potencial. Mas não importa o meio, importa criar, e isso é um processo.

Era a minha tia, fazendo pouco-caso da minha frustrada primeira tentativa artística. Como suspirei desanimada, ela continuou.

— Você vem sendo preparada pra exercitar sua criatividade desde pequena, mas resiste por não se achar capaz. Quando você vai assumir todo o fogo que tem no seu mapa? Tudo bem, tudo tem seu tempo. Hoje é o tempo da Lilith.

Eu me exasperei.

— Não sei o que fazer com essa Lua Negra. A princípio fiquei fascinada por ela, agora já a considero uma treta!

— Bem, faz parte do processo — ela continuou. — Não vejo como integrar Lilith sem enfrentar sua dor.

— Isso não soa promissor...

— Você nem passou ainda da primeira etapa do trânsito de Plutão sobre Lilith. Serão três fases.

Arregalei os olhos.

— Ah, não! Por que você está me dizendo isso, pra me desesperar? O que vai acontecer comigo até o final desse trânsito? Vou morrer?

— Ana, não se faça se boba, você é mais inteligente que isso. Estou interpretando seu mapa astral e iniciando você em um dos maiores mistérios da vida. Os trânsitos de Plutão são longos e não deixam pedra sobre pedra. Você sabe, entre o movimento direto e de retrogradação do planeta, que ele passa várias vezes em cima do planeta que está aspectando — no caso, Lilith — e que vai cada vez mais fundo naquela questão. Sim, você vai passar por uma morte psíquica. Da qual vai sair transformada.

— Oh, a "transformação" de Plutão, conheço bem — disse, com ar irônico e cansado. — Mas não sei o que esperar dele passando por cima da Lilith. Esses dois juntos não me parecem uma boa combinação.

Dessa vez, minha tia, que até ali estava sendo severa, abrandou o tom — porém seguiu em suspense, pois claramente não queria me revelar tudo de uma vez:

— Ora, mas Plutão vai fazer muito bem em quebrar esse seu ego! Você ainda não sabe, mas Lilith é o princípio da magia. E a magia não pode entrar em uma cabeça dura.

Você veio me buscar para jantar, radiante:

— Terminei de compor o que virá a ser o meu primeiro disco solo. Estou confiante nesse material! Acho que encontrei a minha voz.

Em demonstração extraordinária de excitação, você, sempre tão misterioso, anunciava que tinha conseguido o que queria. Tinha diante de si a perspectiva do sucesso almejado.

— *Yeaaah*, que foda!!! Meu *rockstar* preferido! — celebrei, pulando no seu colo.

— Isso merece uma comemoração... — você me abocanhou, eu era o seu jantar. "Mas que boca grande você tem..."

Fiquei muito feliz por você, é claro que fiquei! Havia acompanhado o seu empenho e sabia que merecia o reconhecimento. Sempre que compunha, você me mostrava, eu opinava nas letras e dançava seus acordes. Certamente estaria ao seu lado durante a produção do seu primeiro álbum solo.

Passada a vibração do primeiro momento, porém, passei a temer que o seu sucesso e o meu fracasso pudessem nos separar.

Eu nem havia fracassado ainda, mas estava sendo tomada pela descrença no meu potencial. Cada vez que olhava para a tela em branco e não conseguia dar uma pincelada, me julgava com tanta severidade que parecia que nunca sairia do lugar.

Você fazia mistério enquanto estava compondo. Em geral gostava de estar só e em silêncio, bem ao modo de um Sol em Escorpião na casa 12.

Quando abria sua caixa de mágicas pra mim, eu admirava a maneira como brincava com seus instrumentos enquanto tirava som do ar. Era encantador o amor que você tinha por eles e a concentração quase mística nesse processo de composição.

Depois foram semanas de estúdio com os músicos que você convidou para tocar baixo, teclados, bateria. Havia ainda sopros, como gaita, trompete, sax. Você queria que tudo soasse bem metálico, queria que o som rasgasse a alma dos ouvintes, foi o que você me disse.

Era um trabalho minucioso. Vocês gravaram vários *takes* de cada instrumento em separado, mais a sua voz e os coros. Você era o maestro da orquestra, produzindo tudo sem dividir a assinatura com ninguém. Em equipe, havia muitas ideias e correções o tempo todo, no debate de inspirações, sugestões, tentativas e erros; mas acho que você não ouvia muito a opinião dos outros, era um teimoso e tinha uma ideia fixa do que esse trabalho deveria ser.

Você era um apaixonado pelo ato da criação! Por isso, o processo todo levou uns seis meses.

Foi bonito acompanhá-lo nesse profundo mergulho musical. Sei que ali foi o início do meu aprendizado sobre se entregar à própria arte, sobre como uma ideia remexe tudo dentro da gente até explodir — no seu caso, em um universo de sons e emoções —, tomar forma e ganhar o mundo.

Como seria essa entrega pra mim? É o que eu pensava enquanto observava você em seu processo compenetrado e obsessivo, sem descansar nunca. Você estava sempre cantarolando, pegando o violão ou o teclado para tirar as notas, anotando as inspirações poéticas para as letras, fotografando as imagens que serviriam de referência para a concepção visual do disco e futura divulgação. Como seria pra mim? Era lindo o que estava acontecendo com você, era lindo o que você estava criando. Eu me debatia com meu bloqueio.

À medida que ia se aproximando o momento do lançamento do trabalho e você se empolgava, cada vez mais eu temia ficar para trás.

Não externei nenhuma dessas preocupações, temia que só de falar sobre isso você já me considerasse "menor".

Mas, antes mesmo que você lançasse o seu trabalho, eu já estava em pânico. Mesmo que tentasse manter as aparências de que estava tudo bem, enquanto torcia pelo seu sucesso, na prática era aquilo todo dia: você produzindo tudo e eu não conseguindo produzir nada.

Os trânsitos astrológicos indicam o tempo das coisas na nossa vida. Na alquimia, reconhecer o momento astrológico certo do processo é o que possibilita a criação da obra.

A começar pelas fases da Lua, minha primeiríssima lição de astrologia lá na infância, sobre os ciclos de lunação. Quero fazer algo crescer, ou ganhar um destaque, quero acabar com um problema na vida? Se crescente, cheia ou minguante, a Lua faz toda a diferença.

Analisando os ciclos lunares junto aos trânsitos dos outros planetas, elegemos o céu pra realizar a mágica. Os planetas têm que estar alinhados com nossas intenções. Recorremos a Mercúrio quando se trata de ideias e comunicação, e também nas negociações e contratos; a Vênus nos relacionamentos, na beleza e nas finanças; Marte é o grande catalisador de processos, na força de vontade e nas situações de disputa; Júpiter, em sua expansividade, age como fermento, sorte e prosperidade; Saturno é um consolidador, confere estrutura e forma, convocado quando se precisa de disciplina, compromisso e durabilidade; e há ainda os planetas exteriores, que vêm depois de Saturno, não podem ser vistos a olho nu e detêm grandes poderes, como Urano em sua inteligência, inovação e liberdade; Netuno na sintonia com a emoção e a espiritualidade, fonte de inspirações artísticas; e Plutão, o mais atômico dos planetas, destrutivo e regenerativo na maior das transformações.

Sim, eu já tinha aprendido bastante sobre a alquimia. Especialmente através das ervas, óleos essenciais, chás, perfumes, alimentos, temperos, especiarias, solstícios e equinócios. Através desse exercício, eu aprendia desde menina a unir o céu e a terra, conduzir meus passos e atitudes e criar a minha vida.

Entretanto desde a invocação do nosso primeiro encontro, não havia feito encantamento algum. Só havia me deixado levar pela paixão.

Até esse momento eu não tinha noção do quanto a inconsciência da paixão tinha o poder de mexer com a nossa vida toda.

Seria este o feitiço da Lua Negra?

Mesmo com a leitura do livro de Lilith, ainda não tinha encontrado uma orientação sobre como liberar essa força criativa que ela representava, essa magia, nenhuma receita de poção ou orientação qualquer para a dúvida que minha tia havia plantado na minha mente.

Mexendo e remexendo no meu laboratório de alquimias, eu tampouco conseguia compor uma fórmula que se revelasse um elixir para curar a minha criatividade bloqueada.

Um dia, com tanta raiva pela sensação de impotência, taquei os meus vidrinhos na parede, depois sentei no chão e chorei até secar completamente.

Em seguida, fechei os olhos tentando estabelecer uma conexão intuitiva e só ouvia aquele rastejar nervoso, que se parecia, cada vez mais, com o tique-taque de um relógio.

Tsssss...

Era o segredo que eu tinha que descobrir rápido.

Tssss...

O tempo estava passando e eu estava quase morrendo de ansiedade.

Tsss...

Tudo aquilo que estava dentro de mim e que eu não conseguia expressar.

Porque os desejos plasmam a realidade — por mais que este fosse um desejo do avesso — os meus temores começaram a se concretizar.

Você lançou o seu disco sob o magnetismo de um eclipse lunar em Leão, signo que ocupava o meio do céu do seu mapa astral, o ponto da realização profissional e do *status* social. Signo em que você tinha a conjunção entre Júpiter e Lilith.

Não fui eu que elegi a data de lançamento do seu *show* porque era inexperiente demais para isso. Mas, mesmo hoje, acho que jamais teria concentrado tanta potência em cima da incontrolável Lilith... a potência de um eclipse! Em todo o seu jogo de luzes e sombras, nas reviravoltas do destino...

Os eclipses não eram os momentos mais aconselhados pelos astrólogos e alquimistas para a realização de nenhuma obra — podia dar muito errado ou muito certo, mas na maior parte das vezes não dava simplesmente em nada, se perdia no torvelinho das transformações, com tanta poeira cósmica no ar.

Estão mais para eventos do destino do que para o livre-arbítrio. Em geral, neles emergem as consequências do que já fizemos, boas ou ruins. Eles abrem novas oportunidades, trazem pessoas e situações que promoverão nosso crescimento, ou cortam algo ou alguém de nossas vidas. Isso a minha tia já havia me ensinado e por isso eu não gostava de brincar com os eclipses.

Ainda mais os lunares, que são mais críticos que os solares. Estes representam inícios e, por serem como que uma Lua nova mais poderosa, trazem em sua fertilidade os germes de algo que ainda vai se desenvolver; já os eclipses da Lua são o clímax de um desenvolvimento, que pode até reverberar positivamente, mas dali já começará a se transformar em outra coisa.

Como era de se esperar, esse evento cósmico projetou sua carreira com uma visibilidade que você nunca teve. A recepção, no entanto, foi controversa.

O *show* de lançamento estava lotado de amigos e fãs. No inferninho da cidade, você fez uma *performance* subversiva, numa noite quente de canções passionais, eletrizada por solos de guitarra distorcida.

Os amigos mais próximos ficaram extasiados:

"Que foda!"

"Alucinante!"

"Sucesso certo!"

Rolaram umas notinhas sobre a noite nas redes sociais. Houve quem chamasse o estilo de *romântico-underground*. Outros criticaram, considerando que faltava consistência ao seu trabalho "improvisado". Um crítico chegou a dizer que era uma *ego trip* "ruidosa".

Então aprendi que era assim que acontecia quando projetávamos Lilith no mundo, social ou profissionalmente: no caso, sua Lilith em Leão revelava o desejo de criar algo original e transgressor, mas o público o recebia com ambiguidade, entre a admiração e a estranheza.

Mesmo nesse cenário, era o seu momento de brilhar, ainda que pelo avesso! E você parecia estar adorando a polêmica, com certeza a proposta era incomodar um pouco, isso tinha mesmo a sua cara. Acima de tudo, você precisava criar uma obra própria.

Do meu lado, eu me questionava se em algum nível a sua vaidade não ficava magoada com algumas críticas negativas. Afinal, como artista você só queria brilhar.

E eu ali, à sombra, assistindo a tudo sem a menor interferência.

Era o *seu* trabalho, eu era apenas a sua namorada. Mas, na verdade, eu era a obra, porque para criar você havia se inspirado na nossa paixão avassaladora.

Eu era a sua musa.

"Quando cai a noite, é você quem me recebe, feiticeira do meu coração", você cantou.

O problema é que já não havia mais em mim o menor vestígio da musa que havia sido.

Eu estava transtornada.

Seria apenas mais uma aula de dança de rotina se eu não estivesse tão inquieta, me atrapalhando toda nos movimentos.

A professora chamou minha atenção. "Você está desatenta, respira".

Eu mal conseguia respirar. Inspirei de súbito e fiquei tonta, quase caí no meio do passo. Fui para o canto da sala recuperar o fôlego. "Você está bem?" "Sim, só preciso de um pouco de ar." Inspirando e expirando mais devagar, a musculatura toda travada, quase não sentia meu corpo, presa à mente, obsessivamente pensando em tudo o que eu não conseguia resolver e superar, rangendo os dentes.

A professora diminuiu o ritmo da música e retornei à aula.

Movimentando-me lentamente enquanto me concentrava na respiração, comecei a sentir algo diferente se mexendo dentro de mim.

Algo se mexendo no ventre.

Era brasa.

Era fogo.

O corpo todo esquentando e dissolvendo aquela rigidez, como placas tectônicas se chocando sobre o magma incandescente da Terra. O que antes era tensão escorria como lava pelas articulações. As escápulas se abriam em espasmos, criando asas. A mobilidade ganhava contornos selvagens. E o meu pulso acelerava — a professora acompanhou a minha voracidade e lançou uma batida tribal: entrei em transe e girei, girei, girei...

Girei e só parei quando o meu maxilar, adquirindo vida própria, se rasgou num silvar de cobra para a garota que atravessou meu passo sem querer.

Estar completamente irracional significa estar à mercê das emoções. É o que acontece quando as emoções estão envenenadas. Quando as emoções são um bálsamo, a lucidez é toda gratidão.

Porque você estava cada vez mais ocupado em lançar disco e fazer *shows*, e provavelmente porque você queria fugir de mim e da minha carência, suas ausências se tornaram mais frequentes.

Já não dava nenhuma satisfação do que fazia nem pra onde ia, e, pior, nem sequer se preocupava em ter notícias minhas.

Lembrei da sua Lilith em Leão com raiva e pensei: "É mesmo um egoísta". E, se essa conclusão deveria me estimular a cuidar mais da minha própria vida, estava fazendo tudo errado. Eu também deveria ter me lembrado que o meu ascendente era Leão e que ele estava sendo igualmente estimulado a brilhar pelo mesmo eclipse lunar que o havia projetado; porém, em vez disso, eu me deixava eclipsar. E ainda haveria mais alguns eclipses nesse signo pela frente...

Quando indaguei por que, afinal, você não terminava comigo de uma vez, já que demorava séculos pra responder às minhas mensagens, você respondeu que me amava e que estávamos apenas passando por um mau momento — aquilo também ia passar.

— Você está fugindo — respondi.

— Estou muito ocupado com o trabalho, isso, sim. Não posso deixar que os nossos problemas me consumam, senão eu não vou conseguir trabalhar direito. Lutei muito para chegar até aqui. Estou apelando para o seu bom senso. Por favor, compreenda.

— Mas estou o tempo todo sozinha! Você não sabe o que é isso, ficar sozinha enquanto o seu namorado está ganhando o mundo. Como você espera que eu me sinta?

— Espero que você se ocupe da sua vida também! Você deveria estar trabalhando tanto quanto eu, mas cadê? Você não está fazendo nada. Nunca mais tentou pintar. Use o seu tempo livre pra fazer algo de útil pra si mesma.

Pois é, eu tive que ouvir essa, como se eu não tivesse a minha própria vida. "Faça algo de útil pra si mesma."

Só que eu não conseguia trabalhar, o meu tempo era todo ocupado pelas minhas obsessões: que a criatividade havia me abandonado, que estava fadada ao fracasso, havia me tornado uma pessoa desinteressante, nada mais nos manteria juntos, e nas suas viagens você encontraria uma mulher incrível e ela tomaria o meu lugar de musa.

Porque você sempre precisaria de uma musa e eu não preenchia mais os requisitos do papel.

Plutão passava por cima da minha Lilith e a minha autoestima estava no lixo, nunca antes havia me sentido tão desprezível, era uma sensação horrível.

Conversando com uma amiga, lamentei todas as minhas escolhas "erradas" e demonstrei arrependimento por ter trocado o Miguel por você.

— Talvez tivesse sido melhor ficar com ele mesmo... talvez eu estivesse melhor agora, porque ele era uma pessoa mais confiável e certamente eu estaria mais estável — disse eu.

— É, amiga, talvez — ela respondeu. — Mas isso você nunca vai saber, né? Não adianta ficar pensando nisso, o que está feito está feito. E, mesmo se agora você chegasse à conclusão de que ele era o amor da sua vida, quem garante que ele te perdoaria e voltaria pra você? Até porque isso não aconteceria agora que ele está casado.

Pow — soco no estômago.

— O quê??

Fiquei tão horrorizada que pude ver o meu reflexo nos olhos dela, visivelmente arrependida do que havia acabado de falar.

— Como assim? — insisti. — Como você sabe disso?

— Ah eu fiquei sabendo... — ela disse, cautelosa. — Parece que ele acabou de casar e que a mulher está grávida.

A minha boca se abriu em espanto sem emitir nenhum som. Ele tinha arrumado outra tão rápido!

— Não estou entendendo — ela continuou. — Por que isso te abala tanto? Afinal foi você quem o traiu com o melhor amigo! Não é bom que ele esteja feliz?

Ah, sim, eu achava bom que ele estivesse feliz, mas ao mesmo tempo não achava. Um egoísmo sem precedentes tomou conta de mim, um lado meu muito maligno esperava que ele jamais tivesse se recuperado e que ainda me amasse perdidamente. Egoísmo mesmo, doença do ego. Que direito tinha eu de, depois de acabar com o cara, ainda esperar que ele ficasse pra sempre acabado?

Aquela notícia chegou no pior momento possível. Não, nunca considerei realmente a possibilidade de voltar, não sentia mais saudade. A conversa só havia chegado naquele ponto porque eu estava mal de cabeça e questionando tudo.

Mas teria sido bom saber que ele ainda me amava. Teria me sentido melhor e recuperado a autoestima que estava na lama?

É, parece que eu estava condicionando o meu amor-próprio ao amor que recebia dos outros.

E, como já não me sentia mais amada, descobrir que havia sido superada também por Miguel, que tanto havia me amado, foi um golpe duro.

Alguma dúvida de que essa notícia acentuou o meu arrependimento?

Àquela altura podia ser eu a casada e grávida e feliz, mas, em vez disso, eu estava na miséria afetiva.

Isso era o que eu pensava. Nem parava para refletir se desejava mesmo casar e ser mãe — afinal, esse era um questionamento pertinente, já que com aquela Lilith na casa 5, que é onde geramos filhos, eu poderia preferir não ter ninguém dependendo de mim pra sempre, como um filho — ou se apenas continuava a negar a Lilith que havia em mim. Naquele momento nem me ocorria que eu pudesse estar tentando diminuir meu sofrimento ao idealizar a família como a realização do amor. Que talvez estivesse me adequando a uma convenção social para não sofrer com a rejeição.

Não, não era verdade que eu estava na miséria. Nós ainda estávamos juntos e podíamos ter um futuro lindo pela frente, do jeito que fosse, mas eu precisava me recompor.

TINHA QUE ME RECOMPOR.

Porque naquela época eu achava que precisava me *recompor* para *merecer* o seu amor.

Um lado meu gostaria de pensar que eu ainda tinha escolha; mas o outro lado dizia que tudo já estava perdido, porque eu estava equivocada sobre tudo.

Então uma solução mágica se apresentou: estava na hora de dar o próximo passo no relacionamento. Estava na hora de nos casarmos.

Claro, seria perfeito! Afinal, a minha Lilith em Capricórnio adora um *status* de relacionamento sério! (Ou será que prefere ficar sozinha?)

Dessa maneira, eu teria uma prova de amor sua para me tranquilizar, pois você estava descuidado demais da nossa relação. Que garantias eu tinha de que já não havia outra mulher na área?

(*Tsss...*)

Foi assim que essa ideia, que já me rondava subrepticiamente, enfim se manifestou abertamente: você iria me trair.

Tudo fazia sentido: eu havia sido a traidora em primeiro lugar e havia me unido a você, que era tão traidor quanto eu. Então seria natural você agir de acordo com a sua essência e me trair também, certo?

Seria a maneira do destino me punir pela minha transgressão. Eu estava totalmente dominada pela culpa.

Achava que merecia punição, porém não queria ser punida, implorava pela misericórdia.

Só o casamento poderia resolver o meu problema, me dando a garantia de que você ficaria comigo.

Pelo menos era isso o que eu pensava...

Em uma pausa das suas viagens a trabalho, nós jantávamos quando expus a ideia do casamento, de dar mais um passo na relação porque eu me sentia pronta pra assumir essa responsabilidade, queria filhos *et cetera* e tal.

A sua reação não poderia ter sido pior.

— Casar, agora? — você se espantou. — Você não está falando sério, está?

Eu me indignei.

— É claro que estou! Que reação é essa? Não esperava isso de você, afinal, esse é o desenvolvimento natural de um relacionamento e agora é o momento certo.

— Você acha que agora é o momento certo? — você riu nervoso. — Pois tenho que discordar, agora não é o momento certo.

— E por que não? — minha desconfiança assumiu o comando. — Você por acaso tem outra?

— Rá! — você riu mais nervoso ainda. — É claro que não! Não se trata disso. Apenas que eu não quero me casar nunca na vida.

Pow: ouvir isso foi um choque para mim.

— Oi???

— Ah não, meu bem, essa não! — você soou desesperado. — Ouça bem o que vou te dizer: casamento não é a salvação de nada. Muito menos um filho, daqui a pouco você vai vir com essa também? As pessoas caem nessa esparrela e estragam suas vidas pra sempre. Casamento não rola!

— Esparrela? — minha voz se elevava, enquanto você olhava ao redor preocupado se estávamos chamando a atenção dos outros. — Estragar a vida? Espera aí, onde está aquele cara romântico que me seduziu, que me roubou do meu namorado?

— Eu não roubei você de ninguém! Você ficou comigo porque quis.

— Ah, você não foi um traidor com seu melhor amigo???

— Espera, espera, para tudo. — Você ergueu as mãos e respirou fundo. — Não distorce as coisas, está bem? Cacete, isso não tem nada a ver com a nossa história e com o meu amor por você. *Putz*, do jeito que eu estou trabalhando eu não tenho cabeça pra nada agora. Eu mal paro em casa!

— Exatamente, você não para em casa e nem me dá atenção. E o que estou fazendo é justamente reivindicar essa atenção. Você está muito distante!

— Está bem, concordo que estou ausente. É por causa da tensão com o trabalho. Eu preciso trabalhar muito porque preciso dar certo, está bem? Eu preciso fazer a minha carreira acontecer. E toda vez que a gente se encontra é esse desgaste. Já faz um tempo que não sei o que é ter paz.

Silêncio. As lágrimas escorriam dos meus olhos enquanto meus lábios se apertavam num bico infantil.

— Então vamos fazer o seguinte — você continuou, didático. — Como estamos bem conscientes de que estamos enfrentando uma crise, vamos nos esforçar pra ficar bem. Certo?

Eu olhei para você com desconfiança:

— E como você espera que a gente fique bem?

Você refletiu antes de responder, olhando para o nada, enquanto eu o fitava dura e ansiosamente.

— Nós vamos continuar do jeito que estamos, cada um na sua casa — você disse com calma —, mas vamos cuidar para que, quando estivermos juntos, seja só amor e as sacanagens que a gente adora fazer um com o outro. Sem cobranças.

— Você está saindo com outra, não é?

Você levou as mãos ao rosto em desespero absoluto:

— Nããão! Eu não tenho outra, eu nunca tive outra. Sempre foi você. Se você insistir nisso, vai ficar realmente difícil...

— Eu não sei o que fazer! Quero participar de novo da sua vida, porque desse jeito estou muito sozinha. Você está sempre me deixando pra trás. Se não tem nada a esconder de mim, porque me excluiu dessa maneira?

Aí foi a sua vez de abrir a boca em espanto sem emitir som, mas eu continuei firme.

— Por que não posso acompanhar você?

Você abaixou a cabeça, segurou a testa resignado, ponderou e enfim disse:

— Eu temo que isso vá ter o efeito contrário que você espera.

É claro que você temia que eu frequentasse suas apresentações porque você era um monstro de vaidade que vivia no jogo de sedução com tudo e todos, especialmente com suas amigas e fãs, que, é claro, retribuíam com idolatria, achando que você era o homem ideal.

Eu já imaginava, mas constatar foi extremamente perturbador.

Precisava compreender que você é um artista e que, como tal, mexia com as fantasias das pessoas.

Tinha que entender que, com a sua Lilith em Leão, você provocava uma competição entre as pessoas. Era algo meio inconsciente, meio intencional, mas você tinha esse narcisismo disfarçado de nobreza e se portava como se fosse um prêmio a ser conquistado — mas será que se deixaria ser conquistado por alguém, ou era egoísta demais para isso?

Tudo isso eu só sei hoje, depois que me libertei de toda a intriga que você causava, apesar de saber que não era de propósito, embora você gostasse do suposto poder que a disputa pela sua atenção parecia lhe conferir, porque aumentava seu senso de importância no mundo. Na época, eu não tinha essa noção e ficava passada com as reações admiradas de várias mulheres que se exibiam para você sem o menor constrangimento e comentavam publicamente o quanto você era lindo e gostoso e coisa e tal.

E de como você alimentava essa rivalidade pelo seu sexo, pra daí, quem sabe, uma mulher muito especial ser digna do seu amor. Você dava a entender que estava sempre disponível, porque nunca mostrava, muito menos mencionava, que tinha uma namorada.

Eu não tinha mais dúvidas de que você tinha amantes. Não apenas uma, mas várias. Mulheres que você encontrava às escondidas, assim como rolou comigo quando eu tinha namorado.

Fiquei amuada.

"Com a Lilith na casa 5 ou em Leão, a pessoa pode negar o seu poder pessoal e criativo, como se não tivesse força para criar um projeto com a sua marca. Sente um vazio quanto à sua capacidade de realizar, um vazio que vem da falta de amor-próprio. Como uma pessoa que não se ama pode ser admirada por alguém? É como se a pessoa não tivesse luz, então ninguém enxerga."

Estava escrito no Livro de Lilith, estava traçado nas minhas estrelas. Eu tenho Lilith na casa 5. Mas é assim também para Lilith em Leão, signo que é o regente natural da 5ª casa astrológica. O signo no qual se encontra a sua Lilith.

Por que, então, se eu era a mulher e você o homem, eu me apagava enquanto você ascendia?

Ainda estávamos vivendo sob a lei patriarcal, então? Eu não apenas me submetendo, como doando a minha energia criativa para você?

Esse era o único jeito do nosso relacionamento existir? Um à sombra do outro?

"Para Lilith na casa 5 ou em Leão, viver com a autonomia que tanto deseja não pode se relacionar em uma dinâmica competitiva. O amor só pode acontecer em um encontro respeitador da individualidade e do potencial criativo e de liderança de cada um, dentro de um espírito de admiração mútua."

Sim, você se sentia superior.

Eu começava a entender que era assim que os homens, os comandantes do patriarcado, lidavam com suas Liliths: eles não se permitiam nem às mulheres essa liberdade e se tornavam dominadores, negando a expressão autônoma e espontânea daquilo que suas próprias Liliths astrológicas representavam.

Você adorava que seu ego fosse massageado. Mas algo me dizia que você sabia perfeitamente que tudo aquilo não passava de uma projeção romântica sobre você. E que talvez você também se sentisse inseguro de não ser reconhecido pelo seu valor real.

Quer dizer, e se as mulheres só estivessem interessadas em tê-lo como um procriador? Era louco que você pudesse temer ser dominado por uma mulher, mas com essa Lilith em Leão no meio do céu, esse ponto da mais alta hierarquia no mapa astral, a imagem que você projetava do feminino podia ser despótica.

E no fundo eu sabia que você não se envolveria com uma ilusão... Você podia até vestir a fantasia, mas com aquele Escorpião todo, no fundo teria sempre que ir ao âmago das verdades ocultas.

A consciência de como estávamos ligados pelos dramas semelhantes de nossas Liliths natais foi importante para que eu pudesse observar aquela cena virtual com uma certa distância emocional.

Para que eu compreendesse o seu papel no despertar da minha natureza Lilith.

Por que eu estava me deixando ofuscar em vez de assumir o meu potencial criativo?

No meio de toda aquela ilusão do palco, eu era de verdade: nua e crua em todo o mistério do meu ser.

Quando substituí a irritação por uma reação impassível, você voltou a me olhar com encantamento. Então era isso que você esperava de mim, que eu me comportasse como uma esfinge que só você era capaz de decifrar.

Diante do seu olhar enfeitiçado, respondi: decifra-me ou devoro-te.

Eu miava em nossas fodas cada vez mais animais, eu estava virando bicho.

Porque antes que a gente soubesse beijar, a gente já sabia morder.

De quatro eu me enroscava na sua perna, esfregava minha fuça no seu saco, arqueava a espinha e erguia o rabo para você lamber e meter fundo, até eu esguichar.

Foder era o que dava a nossa liga, isso era tão certo quanto o calor do fogo.

Conhecíamos cada pedaço do corpo um do outro, sabíamos exatamente onde nos tocar.

E ainda nos descobríamos de novo. Que delícia ficar tão nervosa de excitação até beirar o insuportável!

Que vontade de dilacerar minha pele, arrancar meus cabelos e extirpar minhas vísceras! Sentir o corpo se debater em espasmos involuntários, as ondas arrebentarem num orgasmo-apagão.

Miauuuuuuu era o nosso amor entre a pantera e o lobo promovido por uma cobra.

Que potência era me sentir forte outra vez, te engolindo inteiro com a minha língua.

Você se exultava em ser devorado no nosso ritual canibal.

Você ia lá se exibir, me deixava morrendo de raiva, voltava se sentindo poderoso e a gente se comia; você ia, voltava, ia, voltava. E a gente se comia.

E a força não parava de crescer. Não parava de exigir mais sexo, mais carne, terremoto, choque e terror.

A força não parava de crescer e foi me dominando também.

Fui perdendo o controle sobre mim, me tornando a própria força.

Eu estava virando bicho; meu cenho franzido me devolvia um olhar indomesticável ao espelho. Eu estava me tornando cada vez mais agressiva. Primeiro na cama, depois no dia a dia. Soltando uma violência que até então estava contida.

A sensação é que havia feito um pacto com o diabo. Eu estava sendo alimentada pelas trevas. Em troca do poder de manipulação para fazer você ficar comigo, havia vendido a minha alma.

E qualquer pessoa minimamente sã não faz pacto com o diabo, porque ele é ardiloso e cobra o preço, que sempre é muito alto.

Então eu já não era mais dona nem de você nem de mim.

No meu pacto diabólico, recebi de volta a criatividade perdida, e o bloqueio ao qual estava presa se desfez.

As ilustrações sob encomenda, que eu nunca havia deixado de fazer porque esse era o meu trabalho e era assim que me sustentava, deixaram de ser fofinhas e viraram desenhos enigmáticos de mulheres e bichos. E eu podia rascunhar os meus próprios esboços de pintura de novo.

Eu desenhava num transe hipnótico, o trabalho ia se fazendo meio que sozinho, de maneira inconsciente. Como a Lilith da primeira tentativa de arte plástica, os meus temas foram ficando cada vez mais cavernosos, primitivos.

A complexidade dos meus desenhos foi se aprofundando ao ponto de se tornarem quase uma abstração. Ou talvez fossem apenas puro rabisco, manchas, um jogo de claro e escuro como um nó incompreensível aos olhos. Algo como aqueles testes psicológicos que revelam a sua essência. As figuras humanas pareciam reproduzir esculturas de barro malfeitas, seus traços toscos e disformes. Como se minha mão estivesse trêmula.

O lápis riscando raivosamente o papel era uma catarse pra mim.

O que estava saindo era grotesco, obra de uma mente perturbada.

Desenhar me dava um prazer imenso. Mas eu tinha vergonha de mostrar pra alguém o que estava produzindo. Tinha vergonha de mostrar para você. Temia que você detestasse e me rejeitasse por ser eu a mente por trás daquela insanidade.

Tudo isso, é claro, era o meu julgamento na ocasião, projetado sobre você e deturpado pela minha dificuldade em lidar com os conteúdos que estavam sendo expostos através daquele exercício criativo.

Por isso eu trabalhava em segredo, no escuro da minha casa, sob a meia-luz do abajur e embalada pelas harmonias que transcendem tempo e espaço.

E, apesar de os desenhos estarem saindo, eu não sabia o que eles significavam, nem para onde me conduziriam na pintura.

O que eu estava produzindo era a emoção pura. Ainda não sabia o que fazer, mas decidi confiar que em algum momento saberia.

Até porque não tinha alternativa: era isso ou abandonar de vez a minha ambição criativa.

Eu não estava ali para fracassar. Mas a sensação era como se eu estivesse caminhando para isso...

Queria (precisava) dar um novo rumo à minha vida, e esse novo rumo dependia de também desenvolver um projeto pessoal, como você fizera. Eu já havia ficado parada por tempo demais, não dava mais para esperar que a inspiração se manifestasse clara como um raio.

Precisava atravessar essa obscuridade e acreditar que alguma coisa estava se desenhando aos poucos.

O problema é que isso só colaborou para agravar a minha obsessão.

Vai lá e tenta produzir algo da maneira como eu estava fazendo, vai. Quero ver se você consegue.

Quero ver se você consegue chegar à emoção pura; você, que se esconde atrás dessa suposta racionalidade, desse espírito inteligente e superior que preza a arte acima de tudo, mas que no fundo apenas finge estar no domínio estético da própria emoção.

Quero ver se na emoção pura você conseguiria sustentar a máscara, ou se também cairia de joelhos completamente rendido às forças maiores que atuam sobre nós.

Quero ver se você, enfim, se revelaria em toda a sua verdade e toda a sua mentira; você, que se apaixonou por mim por causa do meu enigma. Pois eu estava ali, no âmago do mistério, onde a beleza da vida se desfaz em horror.

Estou me revelando para mim mesma, e o que eu descubro a meu respeito não é nem um pouco bonito.

Quero ver se você ainda me amaria se descobrisse o meu horror.

Isso, sim, seria amor.

"Quando você não está conectado à sua essência espiritual, sente como se sua evolução estivesse estagnada. Se o ponto em que se encontra já não lhe agrega mais nenhum valor, não vai para a frente nem para trás, a energia astral densa de Lilith vai encontrar em você uma ressonância para se infiltrar. E vai fazê-lo como um íncubo, se você for uma mulher, ou um súcubo, se você for homem; ou seja, Lilith vai assumir sua forma demoníaca e como uma sombra vai se esgueirar pelo seu inconsciente, na forma de pensamentos obsessivos em relação aos seus maiores desejos e medos; vai provocar o seu lado mais animal e instintivo a dominar todas as suas ações e reações."

Minha tia me olhava pensativa enquanto eu lia para ela o trecho do Livro de Lilith. Terminei de ler e fiquei esperando que ela me dissesse alguma coisa; diante de seu silêncio, eu disse:

— Estou perdendo o controle.

— Posso ver...

Aquela resposta distante fez me sentir mais à vontade para expressar abertamente minha raiva em relação a ela também.

— Você não está me explicando nada direito. Só me deu esse livro pra ler e foda-se, eu que me vire sozinha...

— Em primeiro lugar, modere o seu temperamento pra falar comigo — ela me interrompeu com autoridade. — Jamais se dirija aos seus mestres com desrespeito. Não tenho nenhuma obrigação de lhe ensinar. Nada se aprende sem humildade.

Respirei fundo, meio que enfiando o rabo entre as pernas.

— Ok, me desculpe. Mas não estou entendendo nada do que está acontecendo comigo; às vezes até acho que estou sacando tudo, aí logo em seguida percebo que só estava me enganando. Venho aqui pedir ajuda e você só me responde com enigmas...

— E não lhe ocorreu que possa haver uma razão pra não responder diretamente às suas questões e, em vez disso, lhe propor novos questionamentos?

— Não tenho dúvidas de que há uma razão pra isso; é o que vim aqui esclarecer — eu disse, enfim.

— Veio com mais perguntas, mas ainda são as perguntas erradas — ela foi cortante. Então puxou a cadeira para mais perto de mim e se sentou, segurou minhas mãos e me olhou nos olhos. — Ana, eu lhe disse que Lilith é o princípio da magia. Pois bem: não há magia sem consciência. Pra isso você precisa aprender a pensar por conta própria, a tirar suas próprias conclusões do processo que está enfrentando. Você tem que enfrentar os seus demônios, porque a verdadeira magia não é obscura, é luz. Sou apenas uma orientadora. Lilith é livre-arbítrio.

Aquelas palavras tocaram fundo na minha alma. Fazia muito sentido o que ela estava dizendo, mas aquela perspectiva me assustava.

— E você só vai desenvolver a magia se quiser e puder. Nós somos de uma linhagem muito antiga de feiticeiras; almas que vieram da Mesopotâmia, transitaram pelo continente europeu e foram queimadas na fogueira, e que então reencarnaram nesse novo e exuberante continente pra voltar a viver na selva com liberdade. Mas aí vieram os colonizadores e cá estamos novamente, lutando contra toda forma de dominação. Mas reitero que você só vai desenvolver a magia se for por sua livre vontade. O trânsito de Plutão sobre sua Lilith natal passará como uma dor psíquica, à qual você poderá sobreviver mais madura, criativa e autoconfiante, mais poderosa, ou o contrário, não realizada e ressentida. Este é o seu chamado espiritual. Cada um o recebe de uma maneira. Nem todas as mulheres de nossa família quiseram ouvi-lo. Eu fui discípula da sua bisavó, porque sua avó, a minha mãe, não quis saber disso. Sua mãe tampouco se interessou em desenvolver o próprio poder, está lá, dependente daquele casamento de fachada. Já eu não tenho filhos; minha filha espiritual é você.

Fiquei alguns minutos ouvindo o silêncio da casa, enquanto assimilava mais essa revelação sobre a natureza da magia. Por fim, perguntei:

— O que eu faço comigo mesma?

Ela se levantou, pegou o baralho de tarô, embaralhou e me deu para que eu puxasse uma carta: o arcano 8, A Força, cuja imagem é a de uma mulher que segura um leão pela boca.

— Essa é uma carta de sedução, uma carta de magia. O conselho que oferece é: domine suas paixões para conquistar o que deseja.

Você acabou se reencontrando com Miguel, o meu ex-namorado e seu ex-amigo, em um *show* no qual ambos foram os artistas convidados.

Não era possível serem amigos como antes, mas se respeitaram naquele encontro. Já havia passado um bom tempo, os dois haviam mudado e refeito a vida. Um certo ressentimento ainda existia, mas já não havia razão para se insistir em um conflito.

— Parece que enfim poderemos ter uma convivência pacífica — você me relatou.

Não me sentia pronta pra reencontrá-lo. Não só porque temia que ele não fosse tão amigável comigo, mas também porque estava surtada — precisava ele me ver daquele jeito? Estando ele bem casado, olharia para mim com pena. E eu não poderia suportar aquilo, seria mais um golpe ao meu ego abalado.

Chegou o dia em que não deu mais para evitar, e lá estava eu, arredia, acompanhando você a um festival em São Paulo, para onde havíamos viajado com a sua banda. Você tocaria antes dele no mesmo palco e eu esperava que assim o destino me poupasse, que não nos cruzássemos nos bastidores.

Mas nos cruzamos.

Você estava absorto em sua concentração quando ele chegou e me viu.

Não sei descrever o olhar dele para mim: espanto? Mágoa? Tristeza? Lamento? Talvez tudo isso.

Mas também pude perceber uma certa ternura. Não sei se eu estava tentando me sentir menos pior ou se era isso mesmo.

— Como vai você? — ele perguntou educadamente, ainda com aquele olhar meio indecifrável.

— Eu vou... bem, e você? — foi o que consegui responder, com frio na barriga.

Diante da minha resposta insegura, qualquer animosidade que ele ainda podia sentir por mim se desfez. A ternura se expressou em seus olhos e em sua postura, que se relaxou, e de súbito, num ato inesperado, ele se aproximou um pouco mais e segurou a minha mão.

Fiquei atônita.

— Que bom... — ele disse. — Eu sempre quis o melhor pra você.

Meus olhos se encheram de lágrimas e de novo o coração bateu tão forte que estava quase saindo pela boca. Temi não conseguir me controlar e o choro irromper; por um longo segundo ficamos nos olhando sem nada dizer, ele segurando a minha mão, quando:

— Ei! — e era você parado de pé ao nosso lado. Nós nos viramos surpreendidos diante de seu olhar inquisitivo "o que está acontecendo aqui?"

Ele soltou a minha mão.

— Ei, tudo pronto pro *show*, cara? — ele lhe estendeu a mão para um aperto camarada.

Você permaneceu com sua desconfiança, mas também estendeu a mão.

— Tudo certo, vou subir já, já.

— Boa sorte, irmão, eu vou começar a me preparar também — ele disse já se virando para sair, não sem antes olhar para mim como que deixando em aberto o diálogo que ainda não fora possível.

E você continuou, seco:

— Valeu, boa sorte para você também.

Quando ele saiu, você me lançou um olhar que deixava claro que não tinha gostado nada daquilo, mas não disse nada. Retomou a sua preparação e pouco depois subiu ao palco. Eu fiquei sozinha com meu silêncio, assistindo à sua apresentação das coxias.

Nessa noite eu não ouvi o som que saía das caixas nem me envolvi com as letras das músicas. Estava perdida em pensamentos, com a ideia de que aquele reencontro, justamente naquele momento, não era fruto do acaso. Que aquilo continha uma importante mensagem para mim.

A todo momento eu olhava para os lados procurando por ele, mas nada.

O *show* acabou e eu o recebi e cumpri o papel de boa namorada, com um beijinho e um "parabéns, foi lindo" meio solto — mas você foi indiferente. Precisava organizar rápido a desmontagem do palco para que ele pudesse arrumar o dele.

Foi nesse momento que reparei em uma garota que eu desconhecia, e que aparentemente estava trabalhando ali na produção porque usava uma pulseira que dava acesso àquela área.

E, no mesmo instante, vi que você se aproximava dela com um sorrisinho suspeito. E que ela respondia da mesma maneira.

Então você a abraçou e ela aceitou de olhinhos fechados. Juntos vocês permaneceram por um longo segundo.

Observando tudo impávida, notei que você lhe falava algo ao ouvido e que ela fez uma carinha de safada.

E vocês se soltaram, mas permaneceram muito próximos enquanto conversavam. Senti que alguém me observava, olhei para o lado e vi Miguel, que carregava a guitarra rumo ao palco, mas havia parado no meio do caminho para me olhar.

Devo ter deixado transparecer a incredulidade que sentia ao presenciar sua sacanagem com aquela desconhecida. Talvez por isso o olhar que recebi de volta tenha sido de pena, afinal.

— Quem é aquela garota com quem você ficou conversando? — eu não me segurei e perguntei no carro, na volta para o hotel.

— Que garota? — você respondeu sem se afetar, mas aí eu já estava propensa a achar que era fingimento.

— Aquela garota que você abraçou logo que saiu do palco, e que usava uma pulseira de produção.

— Ah... — você demonstrou se recordar. — Ela é uma cantora.

— Cantora? — aquilo não fez muito sentido. — Mas como eu não a conheço?

— É porque ela está começando agora — você respondeu com muita naturalidade, demais para o meu gosto.

— Se ela é cantora, o que estava fazendo ali na produção? Por que não estava no palco cantando também?

Você riu:

— Ela estava ali acompanhando o evento. Na verdade vai cantar amanhã num dos palcos menores, aquele dos novos talentos.

— Novos talentos? Sei... — minha desconfiança insistia. — E você acha que ela é um novo talento?

— Oh, sim, ela tem uma voz incrível. O repertório talvez ainda possa ser melhorado porque ela não é exatamente uma boa compositora. Mas ela também canta composições de outras pessoas.

Fiquei surpresa com o conhecimento que você tinha sobre o trabalho daquela desconhecida.

— Você tem alguma música dela em casa, ou sei lá, tem algo dela no YouTube? Gostaria de ouvir — eu tentava tirar mais informações de você.

— Claro, claro — você respondeu, e não disse mais nada. Eu também não perguntei mais nada.

Afinal, eu ainda tinha algum orgulho, que se confundia com dignidade.

Nos dias após o evento, eu não conseguia parar de pensar no meu reencontro com ele.

Com tudo o que não dissemos um para o outro, mas que ficou implícito.

Eu estava mexida.

Não, eu não estava pensando em voltar para ele. Esse desejo nunca me ocorreu. O meu relacionamento com ele era passado.

Mas eu jamais poderia me esquecer da nossa história. Fomos felizes e eu sentia falta da segurança que ele me oferecia.

Eu sentia falta da segurança que ele me oferecia.

O Miguel tinha a Lilith em Virgem na casa 7, a área do mapa que descreve não apenas a nossa dinâmica de relacionamento, como o tipo de pessoa que tendemos a atrair como parceiros, tanto no amor como no trabalho — as nossas associações íntimas e profissionais, portanto. Isso significava que ele se atraía por um tipo de pessoa Lilith — eu, por exemplo — e poderia mesmo enfrentar alguma resistência dos outros a um envolvimento mais íntimo e dependente. Especificamente a Lilith em Virgem pode ansiar por uma relação simples e cotidiana demais, e acabar sendo rejeitada pela "mesmice".

"A Lilith em Virgem é a mais submissa das Liliths. Sua libido se manifesta no desejo de se oferecer — mas não para qualquer pessoa, situação ou causa, ela pode ser bem crítica e seletiva por preferir as coisas mais seguras, sob um certo controle. Esta também é a mais reprimida das Liliths; isso porque Virgem é um signo com tendências puritanas devido à dificuldade de experienciar o sagrado no profano".

É... era realmente difícil pra mim manter um relacionamento sob esses termos, compulsivamente insatisfeita do jeito que eu era. Se havíamos ficado tanto tempo juntos, acho que foi pela minha inconsciência de Lilith. Ou talvez porque a minha Lilith tenha se identificado com a demanda dele por mais controle, de algum jeito.

De toda forma, eu não parava de pensar no último olhar dele para mim, quando aquela garota se aproximou de você.

Um olhar piedoso.

Como se ele soubesse de algo que eu ainda não sabia.

Como se ele estivesse prevendo para nós (eu e você) o mesmo desfecho trágico que eu inconscientemente escrevia.

Eu não parava de pensar também naquela garota, a "cantora da voz incrível", e na intimidade que vocês haviam demonstrado, mesmo que eu nunca tivesse ouvido falar dela.

Isso significava que havia uma parte da sua vida que eu desconhecia. Uma parte da qual ela participava.

Ao contrário da minha vida com ele, da qual eu participava de tudo.

Eu pensava nisso quando a Terra saiu de órbita, sob meus pés um buraco se abriu e eu comecei cair.

Nós conversávamos sobre alguma coisa de que não me lembro quando começou uma discussão de relacionamento, e eu disse pela primeira vez que me arrependia de ter trocado o Miguel por você, quando você soltou, meio sem querer, que foi você quem havia revelado para ele que nós tínhamos um caso.

Nesse momento foi como se o tempo tivesse parado: a minha respiração em suspenso, um silêncio assombroso.

Recapitulando um episódio que não descrevi da nossa história: quando ele veio à minha casa para me confrontar, nada disse sobre como havia descoberto e eu nada perguntei — não houve tempo suficiente para isso. Depois você me disse que não sabia como ele havia descoberto; provavelmente através de algum amigo ou conhecido que tivesse sabido, "já que nós não estávamos sendo tão cuidadosos em sustentar o segredo" — palavras suas.

Aí, séculos depois, você solta que foi você quem contou. A indignação que se apoderou de mim foi violenta.

— Mas peraí — você replicou —, que importância tem isso agora?

— Toda! — eu gritei. — Tem toda a importância! Você mentiu pra mim! Por que você não me disse a verdade?

— Porque eu tinha medo da sua reação! Você estava em cima do muro e não tomava atitude nenhuma, claro que iria ficar puta comigo! Tá vendo como eu tinha razão? Todo esse tempo se passou e você ficou puta do mesmo jeito!

— Ah, eu estava em cima do muro? Eu tinha motivos, não é? E aí *você* resolveu tomar uma atitude por mim? Que direito tinha *você* de fazer isso?

— Eu não fiz de propósito, já disse que foi algo que aconteceu meio inesperado...

— Que direito tinha *você* de fazer isso? — eu repetia histérica. — Foda-se que ele era seu amigo, porque a namorada dele era eu! Eu poderia ter escolhido ficar com ele, já pensou nisso? Ah, é claro que você pensou nisso, tanto pensou que foi lá e resolveu tudo por conta própria pra não correr esse risco!

— Ah, não seja hipócrita, você não ia ficar com ele, nós dois sabemos muito bem disso! Mas, mesmo assim, você não tinha coragem. Não tinha porque estava muito confortável...

— Confortável? Era um sofrimento muito maior pra mim do que pra você! Mas você é o fodão, não é mesmo? Você só faz o que quer e fodam-se os outros! E foi assim que você acabou com a minha vida.

— Peraí — você não podia acreditar no que estava ouvindo —, eu acabei com a sua vida? Que ridículo, não acredito que você está dizendo isso.

— Acabou! — eu disse sem escrúpulos. — Oh, nós vivemos uma grande paixão, mas o que é que temos agora? Esse relacionamento de merda! Eu não posso confiar em você. Porque você é um mentiroso, como acabou de assumir. Mentiu pra mim esse tempo todo. Você fez tudo pelo seu ego, porque morria de inveja dele.

Você demonstrava total incredulidade com o que estava ouvindo, mas aí eu já achava que tudo o que você fazia ou dizia era fingimento.

— Para de falar agora, mulher, porque você não quer dizer nada disso que está dizendo, não se pode retirar a palavra dita e você ainda pode se arrepender!

— Mentiroso! — e eu me joguei contra você violentamente, tentando atingi-lo enquanto você se defendia com os braços como podia. Foi a primeira vez que o ataquei dessa maneira.

— Mentiroso! Quantas mentiras mais você me contou, hein? — eu me debatia enquanto você tentava me segurar.

— Para com isso, para! Você está louca, isso é um absurdo! — mas eu batia e me debatia sem parar.

— Para! — você segurou meu antebraço com tanta força que seus dedos ficaram como uma marca roxa.

— Aaaaahhhh! — e eu parei de me debater e me soltei dos seus braços, nós dois com a respiração ofegante sem conseguir dizer mais nada, ambos dominados pela raiva.

Quando conseguiu recuperar o fôlego, apontou o dedo para mim e disse, entredentes:

— Você ainda vai se arrepender muito de tudo o que disse. Anota o que estou dizendo — disse, enfim, o vingativo.

Olhei para minha tia com cara de menina desamparada.

— Não estou tendo maturidade pra lidar.

Ela se compadeceu.

— Eu sei que tem uma fúria ancestral guardada aí dentro e que você vai ter que enfrentar, minha filha — disse com suavidade. — No arcano A Força, a mulher com as mãos na boca do leão, a gente não sabe bem o que acontece ali, apenas que ela não é atacada. É uma imagem de autocontrole. De não ser dominada pela fera interior... — e nos seus olhos relampejou um brilho meio mágico.

— Tenho certeza de que o João vai me trair. Se é que já não está me traindo.

Ela me olhou preocupada.

— Mas é assim que *você* vai acabar atraindo isso.

Foi a minha vez de ficar em silêncio. Ela continuou.

— Lilith pode trair ou ser traída, é verdade. Pra ela, um relacionamento só faz sentido da perspectiva do desejo; ela só fica com alguém por escolha e não por obrigação. Mas você precisa parar de pensar em traição!

— Não consigo controlar meus pensamentos.

— Jamais diga que não consegue algo. Não pense nisso. Medite e mude seus pensamentos. Proteja seu campo espiritual das energias negativas, pra não atrair obsessores.

— Mas, tia...

— Eu sei. Você vai ter que sofrer a queda pra aprender.

Talvez para você não fosse um trauma que nosso amor tenha nascido de uma traição. Mas para mim, era.

Para mim, era uma sombra que nos perseguiria pra sempre. Era uma maldição.

Talvez você tenha conseguido superar esse conflito porque você sempre foi a parte mais ativa do processo. Você fez da traição uma escolha: investiu na conquista, insistiu mesmo diante de todas as minhas recusas, pressionou pela minha decisão e acabou por tomar você mesmo a decisão. Para você, a traição era liberdade, já que ninguém é de ninguém, independentemente do dano emocional que essa falta de consideração com os sentimentos do outro possa causar. Você tinha essa frieza...

Enquanto isso, eu me recusei a escolher a traição. Durante todo o tempo fui passiva, deixando-me guiar primeiro pelo que acreditei ser o destino, depois por você, que se tornou o meu Deus. Eu era totalmente emocional...

Eu me sentia culpada por tê-lo desejado tanto e por ter aquiescido ao seu desejo. Por ter ficado com você, por ter rompido com ele, por ter assumido o nosso relacionamento. Mesmo que eu não tenha decidido nada conscientemente.

Àquela altura descobrir que você havia mentido para mim foi como a confirmação de que eu havia feito tudo errado e que você não era mesmo confiável.

Essa descoberta me deixava num beco sem saída. O que eu faria da minha vida, então? Eu não tinha nenhum plano.

Sentei-me para desenhar, mas depois de alguns rabiscos fiquei ainda mais raivosa e acabei rasgando o papel, atirando tudo pra longe. Aquilo não era uma saída. Eu não estava produzindo nada de bom, só lixo. Não estava ali a minha salvação.

Andando de um lado para o outro no quarto, parei para observar mais uma vez o meu reflexo na penteadeira.

Eu olhava para o espelho e, como se fosse um portal, só conseguia enxergar você e tentar saber onde você estaria e com quem. Uma obsessão sem fim!

Nossas vidas estavam tão entrelaçadas que eu não conseguia mais imaginar uma vida sem você.

Eu sabia que morreria disso.

Apesar de tudo, você não conseguia me deixar. Você se defendia do amor, parecia que estava ali para perder o amor, não sabia expressar amor.

Depois da briga que terminou com você me apontando o dedo na cara, eu jurava que ia terminar comigo. Ou ficar distante outra vez.

Mas não: você me pediu desculpas.

Admitiu que não deveria ter contado para ele sobre nosso romance. Que deveria ter conversado comigo sobre o nosso futuro, e o que eu desejava de fato. Admitiu, inclusive, que não deveria ter ocultado a verdade por tanto tempo.

Eu respondi que estava magoada e desiludida. Que aquilo era uma evidência de que eu não podia mesmo confiar em você. Aliás, nunca havia confiado, e agora não confiaria jamais.

Você replicou que tudo bem, havia mesmo cometido um erro. Mas que só tinha errado daquela vez, que não havia feito mais nada que pudesse alimentar a minha desconfiança. E que, por pensar assim, eu degradaria o nosso relacionamento.

Eu disse que você havia mudado, ou finalmente estava se mostrando como realmente era, e que eu não havia percebido antes porque você me seduziu e eu me deixei enganar.

Você me abraçou e pediu que, por favor, eu parasse com aquela besteira, porque você me amava e estava fazendo o que podia pra gente ficar junto.

Você me abraçou e nos seus braços eu chorei, e assim ficamos por um longo tempo sem dizer mais nada.

Estava me sentindo culpada. Mas o pior é que eu também o culpava. Como não sabia o que fazer, deixei por isso mesmo.

Então o que havia entre nós já não era amor, era doença.

"Uma nova voz para abalar."

Era o título de uma matéria em um desses *sites* culturais que quase ninguém lê. Anunciava a apresentação que a tal cantora da voz incrível faria naquela noite em uma pequena casa de *shows*, porém bem conceituada.

Pilar Maria era o seu nome. Achei cafona.

A matéria trazia uma foto de divulgação e um pequeno perfil.

Primeiro observei a foto atentamente e por puro despeito concluí que ela era feia. Morena, longos cabelos negros, poderia ser bonita se não fosse estranha, de gengivas grandes e nariguda.

Depois li o perfil. Qual não foi a minha surpresa ao descobrir que ela citava você. Isso mesmo, você: "um dos melhores músicos da minha geração e uma das minhas fontes de inspiração".

A lógica poderia dizer que era perfeitamente normal que ela o tivesse em tão alta estima, afinal você era um grande musicista, e vocês eram mais ou menos da mesma idade — mas que lógica? Lógica porra nenhuma! Aquilo era uma afronta.

Aquela garota era cara de pau! Estava dando em cima do meu namorado publicamente!

Minha reação espontânea foi pegar o telefone e ligar pra você como quem não quer nada e, papo vai, papo vem, "o que você vai fazer hoje?". Você me disse que iria a um *show*.

— O *show* da cantora da voz incrível? — disparei.

— Oi? — você não entendeu ou se fez de desentendido.

— Aquelazinha que você abraçou longamente naquele festival.

— Haha — você deu uma risadinha como se realmente estivesse achando aquilo engraçado. Mentiroso.

— É, o *show* dela...

— E por que você não me convidou? — a raiva me subindo à cabeça.

— Pensei que hoje você fosse assistir à tal palestra daquela artista lá de que você gosta...

— Sim, mas você poderia ter me convidado mesmo assim.

— Não estou entendendo aonde você quer chegar — disse tentando se esquivar. — Achei que a palestra fosse importante. Enfim. Você quer ir ao *show*?

Pensei muito antes de responder, porque, afinal, você disse algo certo. Havia essa palestra e eu precisava cuidar mais da minha própria vida em vez de ficar perseguindo você.

— Não, obrigada. Eu vou à palestra mesmo.

Mal prestei atenção no que dizia a artista francesa Sophie Calle. Fui à palestra, mas fiquei me sentindo uma idiota. E, por coincidência, a artista tinha tanto a dizer sobre a raiva. "Cuide de você" era o nome da exposição, na qual ela convidou profissionais mulheres de diversas áreas (psicologia, jornalismo, filosofia, literatura, criminal, xadrez etc.) para interpretar a carta de término que seu ex-namorado lhe deixou.

Em certo trecho da carta, ele dizia: "Quando nos conhecemos, você impôs uma condição: não ser a 'quarta'. Eu mantive o meu compromisso: há meses deixei de ver as 'outras', não achando obviamente um meio de vê-las, sem fazer de você uma delas. Achei que isso bastasse; achei que amar você e o seu amor seriam suficientes para que a angústia que me faz sempre querer buscar outros horizontes e me impede de ser tranquilo e, sem dúvida, de ser simplesmente feliz e 'generoso', se aquietasse com o seu contato e na certeza de que o amor que você tem por mim foi o mais benéfico para mim, o mais benéfico que jamais tive, você sabe disso".

Então a antropóloga Françoise Héritier interpreta essa carta da seguinte maneira: "Este homem vive em um estado de ansiedade que constantemente o leva a buscar outras mulheres, e a um estado de inquietude. Mas que ansiedade e inquietude exatamente? As clássicas de don-juan, que somente consegue encontrar segurança existencial na sedução repetida e sem fim. Mas o que é importante a don-juan é o prazer da primeira vez, que encobre, como um eclipse, as anteriores primeiras vezes. (...) "Eu gostaria que as coisas tivessem se mostrado diferentes', ele diz — ou seja, sem que você me forçasse a ir contra minha identidade viril e inibir meu desejo sexual; sem que você fosse essa mulher que pede por igualdade no amor."

Ansiosa, eu estabelecia relação direta entre o que ela dizia e o que supunha estar acontecendo lá no *show* da cantora da voz incrível.

Na minha imaginação, você ia direto ao camarim encontrá-la e desejar boa sorte com mais um longo abraço, sorriso safado e olhar malicioso. Então ela subia ao palco e cantava para você ali na primeira fila, e fazia questão de deixar claro a todos que a música mais romântica do repertório era dedicada a você. Após o *show*, você voltava ao camarim para cumprimentá-la pela *performance* incrível. E nessa hora rolava um *puta* clima entre vocês. As pessoas percebiam e se retiravam do local para vocês ficarem sozinhos, se aproximarem e...

"Para com isso sua louca!", me cortava uma outra voz na minha mente na hora que vocês iam se beijar na minha imaginação. "Não fica pensando merda!", me dizia essa voz. Parece até que eu estava desejando que isso acontecesse!

E os desejos plasmam a realidade e... aff.

A palestra terminou e eu ainda fiquei ali, na secretaria da escola de artes visuais, com um folheto na mão, pensando se deveria ou não me inscrever no segundo módulo do curso de processo criativo. Mas a imagem de vocês dois juntos me perseguia. Queria pegar o primeiro táxi e ir até lá ver o que estava acontecendo.

Consultei as horas no celular e havia duas mensagens de amigas me chamando para um drinque. Nenhuma mensagem sua.

Eu não estava com a menor vontade de sentar numa mesa de bar. Não queria conversar com ninguém, não tinha nenhum assunto interessante para discutir que não fosse você e a cantora.

Só que não fazia o menor sentido eu ficar falando sobre isso com outras pessoas... não ainda.

Decidi voltar para casa.

Passei praticamente a noite em claro pensando se deveria ou não ligar para verificar se você já tinha chegado em casa. Sozinho.

Eu já não conseguia ir à sua casa sem ficar bisbilhotando tudo, atenta a todos os detalhes para ver se encontrava algum vestígio de outra.

Tentei até vasculhar seus *e-mails* e redes sociais. Mas você não era um cara ligado nessas coisas e seu computador vivia desconectado.

Seu celular veio parar nas minhas mãos diversas vezes sem que você percebesse, mas eu também nunca consegui mexer nele porque não sabia a senha de acesso.

Como se eu pudesse descobrir a senha de um Escorpião. Rá.

Até os travesseiros eu cheirei na busca de um perfume oculto.

Um dia achei umas partituras rascunhadas com letra de mulher e uma poesia que obviamente não era sua.

— O que é isso? — perguntei quando você saiu do banho.

— Isso? — você me olhou meio desconcertado. — Isso é uma partitura, oras!

— Isso eu sei — respondi tentando mais uma vez conter a raiva que ameaçava me dominar. — Mas essa letra não é sua porque é uma letra de mulher. E, aliás, essa poesia aqui também não é sua porque não tem nada a ver com o seu estilo. Vou reformular a pergunta: de quem é isso?

Você me olhou temeroso. Demorou demais para responder, então eu respondi por você:

— Isso é daquela cantora, não é?

— De que cantora? — você me devolveu a pergunta com tanta desfaçatez que minha expressão furiosa o fez recuar. — É... isso é dela, sim — disse com cuidado demais porque aquilo ali era obviamente um problema.

— Posso saber o que isso está fazendo aqui, na sua casa?

Você respirou fundo e exalou com paciência antes de dizer:

— Isso está aqui porque eu tenho composto com ela, pra ajudar a melhorar o repertório dela que, como eu já te disse, é muito fraco e...

— Rááá á! — eu disse possessa, como se dissesse "bingo!". Diante da minha expressão alucinada, você se prontificou:

— Peraí, você não vai fazer um escândalo por causa disso, vai?

— E por que eu não faria um escândalo? — Meus olhos já deviam estar brilhando como que possuídos pelo demônio porque você estava ficando visivelmente assustado. — Você anda compondo músicas com outra mulher, coisa que você nunca havia feito, e nem me contou?

Você abriu a boca mas eu não o deixei falar.

— E mais: provavelmente você anda compondo com ela aqui mesmo, na sua casa! Eu estou aqui me perguntando: quando teria isso acontecido, em que dia, ou noite, ela esteve aqui e você ocultou o fato de mim? Ou melhor, você mentiu, porque nos falamos todos os dias e não me lembro de você ter mencionado uma visita...

— Não é nada disso que você está pensando.

— Ah, claro que não, nunca é o que eu estou pensando! Estou sempre pensando errado, imagina, sou eu que tenho uma imaginação muito fértil! E você não é nem um pouco mentiroso!

— *Putz*, eu nem sei o que dizer... você já especulou e chegou às suas conclusões aí e nada do que eu diga vai te convencer do contrário...

— Palmas, palmas pra você! — eu estava histérica. — Pelo menos você já desistiu de negar. Será que pode começar a falar a verdade?

— Cara, eu estou compondo com ela porque isso é trabalho! Ela me pediu ajuda e está me pagando por isso, entendeu? Ela está me pa-gan-do, é trabalho!

— E mesmo se isso fosse verdade, por que não me contou?

— Porque eu sabia que você não iria gostar e teria uma reação absurda. E eu estava certo...

— Sempre essa desculpa, né? Que o problema é a minha reação. Você não acha que é *você* o problema? Por que diabos compor com essa mulher se não está precisando de dinheiro?

— Porque nem tudo nessa vida é sobre dinheiro, e eu achei o desafio criativo interessante.

— Ah, eu sei bem que desafio criativo você achou interessante.

— Ah, para! — Você tentou me abraçar e eu me afastei. — Não vai por esse caminho, não é nada disso.

Aí eu gritei, impaciente:

— Admite de uma vez, seu canalha, admite logo que você me traiu e vamos acabar de uma vez com isso!

— Eu não vou admitir o que não é verdade!

— Admite!

— Cara, eu não vou mais discutir isso, C H E G A.

— Escuta bem o que eu vou te dizer — eu bufava. — Você não vai mais compor com essa mulher, você está me ouvindo? Você não vai nem mesmo encontrar mais com essa mulher. É ela ou eu.

A discussão não acabou ali, porque você não ia admitir fácil nem aceitar que eu lhe impusesse nenhuma condição.

Começou a dizer que estava cansado, que nosso relacionamento só piorava, que você estava perdendo a liberdade até para trabalhar.

Eu disse que a culpa disso era toda sua porque você não era confiável.

Você disse que assim não dava mais, que era melhor darmos um tempo.

Eu disse que não existia isso de tempo, que isso era uma desculpa pra terminar comigo e eu não ia deixar você ficar com ela.

Você disse que não estava terminando comigo, mas que realmente precisava de um tempo para refletir. E que não, você não ficaria com ela porque não estava com ela.

Eu comecei a chorar e disse que eu não queria tempo nenhum.

Você não me abraçou, continuou frio e disse que eu havia mandado você fazer uma escolha, e que era essa escolha que você estava fazendo.

Saí da sua casa aos prantos e acho que chorei por horas, dias, meses, anos seguidos.

Eu ainda tinha a expectativa de que você mudasse de ideia rapidamente e que me pedisse pra voltar, mas você não o fez.

Então eu escrevi um *e-mail* pedindo desculpas, dizendo que eu não queria ter feito nada daquilo, mas que era difícil confiar em você.

Você respondeu que era por isso que nosso relacionamento estava impossível.

Eu disse que iria mudar, que faria o que fosse preciso para consertar o estrago, mas que não queria perder você.

Você disse que me amaria para sempre, que eu jamais perderia você, o que tivemos tinha sido bom demais, mas que estava acabado porque não havia conserto.

Eu disse que havia conserto, sim, que só precisava da sua boa vontade, com a minha você podia contar, que eu faria o que fosse preciso, mas eu não queria terminar.

Você disse que não se tratava mais de boa vontade, que você também achava que ficaríamos juntos pra sempre, mas que havia se enganado, as coisas tinham começo meio e fim, e o nosso tempo havia chegado.

Respondi agressivamente dizendo que você estava fazendo isso porque queria ficar com ela e que ela era uma rata que iria roubar você de mim e que você era um cafajeste e como eu não havia percebido isso antes?

Você disse que eu não tinha mudado nada e que jamais mudaria e era por isso que não dava mais, estava terminado, que eu parasse de enviar mensagens porque você não estava mais a fim das minhas fantasias neuróticas.

"Lilith atrai pessoas que desempenham papéis provocativos na sua vida, como as pessoas mais velhas e as figuras de autoridade que lhe impõem leis e regras e a castram. Porém, ela também se sente provocada por aqueles que desafiam seus próprios termos e depõem contra seus medos e resistências."

Quem era ela?

Uma artista que tentava se destacar na cena cultural — a qualquer custo. Foi o que me pareceu vasculhando as redes sociais, eu enraivecida a culpava pelo nosso fracasso como casal, como se ela fosse o problema, e não você. Muito menos eu!

Ela atuava e, ao que parece, agora cantava. Mas só participava de espetáculos de circuitos alternativos. Não havia nada em seu currículo que impressionasse muito. No entanto ela estava lá, naquela empolgação, se autopromovendo.

Ela era estranha. Por mais que pudesse haver um apelo erótico naquela estranheza, algo nela não me convencia. Ela parecia muito forçada. Tinha uma postura agressiva e competitiva.

Não havia dúvida de que ela fazia tudo para chamar atenção, como se estivesse sempre interpretando papéis, em sua personalidade-exuberante-e-sempre-mutante: uma hora ela era uma bailarina, na outra era uma super-heroína, depois uma tigresa. Estava sempre polemizando com sexo. Claro, quer maneira mais eficiente de chamar atenção do que exibir toda a sua liberalidade? Era só falar em cu e boceta e pronto, a audiência estava garantida.

Livre, inteligente e descolada, quase como um *slogan*. Mas aquilo não me parecia liberdade — mais do que viver a fantasia da arte, pra mim ela estava jogando para atrair você e se sujeitando tanto quanto eu aos seus favores. Do alto da minha Lilith que, subjugada por Plutão, estava ressentida e por isso cheia de julgamentos morais (justo a Lilith!), eu achava ridículo esse comportamento que nada tinha a ver com o meu tão prezado mistério, mas compreendia o apelo que podia ter uma garota descaradamente esfregando a boceta na sua cara. Ao contrário do que havia acontecido entre nós, era ela que se atirava sobre você. Mas sexo é sexo, afinal.

E se você achasse que aquele despudor fosse o conceito de que precisava para provocar a audiência? Eu sei o quanto você queria revolucionar a arte, eu sei que no fundo você só queria ser um criador. Mas a que custo?

Para mim, como sua (agora ex-) namorada, a forma como aquilo estava acontecendo era uma pressão insuportável, um pesadelo.

Eu via você se afastando de mim, atrás daquele teatro.

"É através das pessoas provocativas que Lilith entra em contato com as sombras."

Ouvi de você coisas que uma mulher com um mínimo de autoestima não teria tolerado, tampouco se sujeitado a continuar mendigando amor.

"Não sou mais apaixonado por você."

"Não tenho interesse em te encontrar."

"Se cuida."

Você me dizia isso e curtia todas as fotos que ela publicava nas redes sociais. E ela curtia as suas.

Estava confirmado: algo estava rolando entre vocês.

E eu ali fazendo o quê? Apaixonada por você, o Diabo em pessoa! Acreditando que éramos almas gêmeas, que tínhamos um encontro marcado desde outras vidas e me autodestruindo por isso.

Eu nem acreditava mais em você. E por isso eu já não conseguia me sentir apaixonada por você. Foi assim, meio de repente, no meio daquela confusão de sentimentos, você me traindo e indo embora e eu implorando para você ficar comigo.

Ali, eu comecei a ver em você as sombras que até então eu me recusara a enxergar, que justificava como se fossem parte da beleza do seu mistério escorpiano. Agora tudo o que eu via eram as suas segundas intenções, o egoísmo, o seu lado mais interesseiro e falso. Do outro lado, você era um perverso, que só queria saber de se tornar um artista de sucesso, que usava as pessoas que de algum jeito pudessem servir ao seu propósito de alcançar o estrelato.

Eu tinha certeza de que você estava se divertindo com aquela situação. Enquanto fodia com aquela garota e me fodia, você dominava a cena e posava de fodão. Até com o meu desespero você havia se envaidecido, nenhum sinal de humanidade da sua parte, nenhuma tentativa de conciliar, me ajudar no meu transtorno.

Eu tinha certeza de que você sabia exatamente o que estava fazendo comigo e com ela. Estava instigando uma competição, não havia mais dúvidas, eu seria muito idiota de continuar me recusando a ver isso. Aquele era um comportamento tipicamente patriarcal. Caí como uma patinha com meu ciúme mortal.

O pior é que, mesmo sabendo disso, não pude evitar ser tragada por aquela disputa. Eu não conseguia enxergar o desamor em mim que aceitava aquela condição! Quando vi, ali estava eu, supertrouxa e marcando presença naquela dramaturgia virtual com *posts* sedutores, comentários enigmáticos e hahaha's que exaltavam você e pretendiam deixar claro que eu continuava na jogada.

"Mas até que se entregue à transformação que a libertará, Lilith ainda pode se debater muito com o que não está sob controle."

Aquela garota se tornou a minha obsessão: ao odiá-la mais que a você, a quem eu ainda precisava "amar", eu tinha uma justificativa para você voltar para mim e não me rejeitar, afinal. Porque esse era o meu grande medo: ser rejeitada e negada em meu direito de existir, como Lilith. Eu ainda não percebia, mas naquele triângulo amoroso estava entrando em contato com as minhas próprias sombras.

Então, continuei me prestando ao papel. O que ela havia feito pra afastar você de mim? Percebi que ela tinha uma inteligência que eu não podia subestimar. Sabia se comunicar com seus desejos de chocar as pessoas, algo que eu jamais havia provocado porque não fazia o meu estilo. Um desejo que eu nem sequer conhecia por baixo da sua tão discreta persona.

Toda a interação *online* era repleta de códigos que deviam aludir a uma troca intelectual e de fluidos entre vocês. Ela usava *emojis* de animais, ora crocodilo, gatinho, às vezes cachorro, imagens de partes do corpo, figuras da natureza e até apelidos impossíveis de identificar por quem não fosse conhecedor da rotina de putaria mútua — *what the hell* significa "chumi"?. Eu ficava tonta tentando decifrar aquela sacanagem.

Aquilo era a morte pra mim. Nada poderia doer mais: você criando intimidade com outra. Mais uma trouxa, que se achava a deusa do sexo da nova era, mas que no fundo estava caindo no seu encanto perverso e machista.

Eram mamilos e letras de músicas cheias de duplo sentido — ela cantava *"dance me to your beauty with a burning violin"*, e você, se achando o Leonard Cohen, respondia com os acordes *"if you want a lover, I'll do anything you want me to, I'm your man"*. Tudo porque o amor era livre! Como ela também não era capaz de enxergar como isso estava fazendo mal para todos nós, sendo tão inteligente? Estava feliz de competir com outra mulher? Isso era liberdade mesmo, sério? Pra quem? Machucada, eu não conseguia entender que estranhos caminhos do amor eram esses.

Para mim, cada vez mais, você era um grande ilusionista.

E naquela *fodelança* paradisíaca eu me perguntava por onde havia me esgueirado naquela mata sombria.

"Quando castrada, Lilith pode entrar em uma confusão sexual que, não raro, se torna degradante para ela. Isso acontece se sua libido, que é uma força transcendente de conexão entre o céu e a terra, for usada para fins de manipulação, moeda de troca ou, nos casos de inconsciência ainda mais graves, detonar mecanismos de perversão."

Toquei sua campainha vestida apenas de sobretudo e botas de cano longo, sem nada por baixo.

Fiz pose de bem resolvida, libertária e *sexy*, mulher que não deve nada a ninguém. O que até poderia ser verdade, se não fosse uma apelação para chamar sua atenção, já que todas as tentativas por mensagens falharam.

No desespero, eu estava ali para me humilhar mais um pouquinho.

— Não se preocupe, eu sei que entre nós não haverá mais nada além de sexo — foi o que eu disse para você, disposta a encarar, por amor às nossas fodas.

O que eu não disse é que esperava que o sexo nos reaproximasse como casal.

Você me olhou como se compreendesse o que eu não havia dito. No entanto, abriu um vinho, acendeu um *beck* e começou a me mostrar suas mais recentes experiências musicais.

Ficamos horas conversando naquele tom de amizade e interesse mútuo que nos havia unido um dia, quando trocávamos experiências com tanta vontade de nos descobrir. Embora, naquele momento, aquilo soasse falso, nós dois nos defendendo um do outro.

Como era de costume, a música e as drogas foram nos amolecendo e provocando calores, desejos. Estava até dando para esquecer que havia uma tensão subjacente naquele encontro, que do meu lado era a expectativa de que tudo se transformasse no mais puro amor, e do seu lado só havia vontade de cortar qualquer conexão emocional. E nossos corpos foram se procurando, se aproximando, as bocas abertas.

Mas, na hora H, algo não encaixou mais e o sexo foi uma merda. Fingi que gozei só para que você não me rejeitasse de uma vez por todas. Você nem percebeu que eu fingi — ou fingiu que não percebeu — porque não estava nem aí para o meu prazer, só queria saber do seu.

"O sentimento de abuso ou de rejeição de Lilith é das maiores dores psíquicas que uma pessoa pode sentir."

Não preciso dizer que você não me procurou no dia seguinte, nem no outro, nem depois.

Dias que passei esperando, me arrependendo, me maltratando, como se já não estivesse destruída o suficiente. Por que eu tinha me sujeitado dessa maneira a alguém que claramente não me valorizava? Que não iria me acolher com o amor de que eu tanto precisava?

Até que no terceiro dia mandei uma mensagem, como quem não quer nada além de recuperar o diálogo amigo. Um vídeo engraçadinho de leões brincando perigosamente, o que me lembrava de você.

Sua resposta não poderia ter sido mais lacônica: "Animal".

Eu o odiei ainda mais. Mas também achava que no fundo você devia estar tão confuso quanto eu...

Eu procurava todas as justificativas astrológicas para que você não fosse aquele horror que eu estava vendo, para me convencer de que você era um cara legal, que era, assim como eu, um fruto de uma sociedade doente, e ainda ia voltar para mim.

Mais do que odiar você, eu precisava acreditar que o amor era maior do que a maldade, para me sentir menos rejeitada.

Estava difícil compreender que era eu que não me dava o devido valor.

"Quando não se sente livre, Lilith pode se tornar recalcada e invejosa. Da mesma forma, ela pode atrair a inveja alheia pelo seu jeito de ser. Transmutar a energia densa do ódio em amor depende de autoconhecimento e a aceitação do que não se pode mudar em si mesmo e nem no outro."

Pior: você não deixou de foder com ela depois do nosso rápido reencontro. Nada disso, você continuou com aquela sacanagem.

Ela estava se achando fodona porque havia roubado você de mim! Ela achava que com você seria alçada à estrela número um do *rock* mundial.

Eu sabia que ela ficava olhando tudo que eu postava nas redes sociais, provavelmente receosa de que você voltasse para mim, claro. Ela respondia a tudo que eu dizia, aproveitando cada ideia minha para fazer algo ainda mais provocativo. Daí ela postava fotos batendo a cabeleira *punk*, projeto de novo *show* sob sua direção musical. Você postou uma foto plantando bananeira para mostrar como era rebelde, e lançou um discurso que eu desconhecia, arrogante, sobre não estar nem aí para as críticas, mas estava obviamente ressentido. Ela respondeu que você era um "herói".

E eu, num caminho muito torto, tendo prazer em enfiar cada dia mais um pouquinho da faca do masoquismo no peito, que nunca parava de sangrar.

Bicho, que onda torta! Em momentos de lucidez eu pensava e queria dizer a ela: "Mana, não faz isso! Você está sendo tão idiota quanto eu. Um dia ele vai fazer com você exatamente o que fez comigo". Em vez disso eu ficava ali do outro lado do computador, obsessivamente *stalkeando* vocês, atrás da informação que seria a chave para botar aquela intrusa para fora.

Eu ficava ali analisando o céu, especulando quando a Lua estaria cancerianamente envolvida com as memórias de amor para você sentir saudade de mim, ou quando Vênus enquadraria Saturno para você se desinteressar dela — ou quem sabe o Marte em trânsito pelo meu ascendente devolveria o meu poder pessoal? Quando a conjuntura astrológica seria mágica para você se apaixonar novamente por mim?

Para o meu terror, ela se antecipava e dava uma cartada melhor que a minha, com alguma postagem bombástica para armar a sua ereção. Garota do inferno! Tinha que ser aquariana aquela exibição, uma astúcia pervertida só poderia vir de uma mente sem limites. Segundo apurei em minhas investigações virtuais, ela tinha a Lilith em Peixes, o que lhe conferia o caráter fantasioso, delirante.

"Lilith em Peixes pode reprimir a imaginação, que é a fonte da sua libido, mas também pode cair no extremo oposto de viver de sonho, desejos platônicos e relações que jamais evoluem da conquista inicial porque a realidade da rotina é muito dura para estimulá-la. Ela deseja o romance, mas na sua ânsia de ser aceita pode vestir qualquer fantasia sem discriminação e depois sofrer por ser desvalorizada pelo outro."

Ela estava se iludindo... como eu. Só que ela era artista que nem você e sabia se infiltrar pela sua imaginação, ao contrário de mim, que era honesta e explosiva.

Enquanto isso, no interior do meu vulcão, a lava se remexia, aumentando a pressão.

A verdade é que eu estava com raiva, muita raiva de você, dela e de mim, da vida e do mundo.

Eu precisava colocar a raiva pra fora mas não sabia como.

Quando me toquei de que não era apenas com ela que você estava fodendo, mas com outras também, que igualmente lhe dedicavam postagens e comentários apaixonados, pirei de vez.

Há sempre um animal a ser sacrificado. Das outras vezes fui eu. Desta vez teria que ser você.

Eu estava cansada de morrer.

"Lilith vai contra tudo que a oprime, cortando com ardor e fúria todos os grilhões que a acorrentam, até chegar à natureza das coisas. Então ela chega a um deserto desolado e desconexo, frequentemente vivenciado como um período de loucura."

Antigamente, quando a Medicina ainda era muito precária, acreditava-se que a loucura só poderia ser curada com uma lobotomia.

Eu estava começando a considerar a hipótese de me submeter a essa cirurgia bárbara para extirpar a parte maligna do meu cérebro. E o faria por mim mesma, abrindo o meu crânio à faca e arrancando lá de dentro o tumor.

Quantos pensamentos negativos a minha mente processava por segundo? Eu pressentia o mal por todos os lados. Então tudo era O Mal.

Ela era O Mal.

Projetei nela a causa de todos os meus problemas. A minha vida se tornou uma luta contra ela: ou me defendia ou atacava. Não havia saída do buraco negro.

Você não me escutava mais. Acho que na real você nunca me escutou. Mas eu insistia pra gente se encontrar, prestava meu corpo à sua vontade, sentia um prazer masoquista. Aí você me veio com essa: "Agora só sou capaz de me relacionar sem compromisso. Vou ficar com quem eu quiser; se você quiser ficar comigo, é assim."

E eu não parava de chorar, o dia inteiro, durante dias.

Eu já não comia nada, já não tinha de onde tirar forças, mas continuava.

Eu não podia interromper o processo no meio. Quem não sai de si não acontece.

Você não entendeu a minha obsessão por você. Nem mesmo agora você entende. Deve estar pensando que isso é bobagem, visto que perdi você. Por isso mesmo. Conseguir a coisa é perder a coisa. Ao mesmo tempo. Conseguimos a coisa e a coisa perde o sentido. Sem sentido nada é.

Aí ela postou as fotos de vocês dois juntos durante o processo criativo do novo disco dela.

E nesse momento o meu masoquismo bateu todos os recordes. Frio na barriga, taquicardia, maxilares trincados e olhos vidrados. Eu investigava o perfil virtual de vocês a cada cinco minutos para saber o que estava acontecendo e me maltratar mais um pouquinho.

Tsssss...

O disco se chamaria "Made in heaven", numa alusão à obra pornográfica de Jeff Koons, na qual ele abusou da imagem da companheira famosa pelos filmes pornôs. E para isso aquela garota estava se fantasiando de Cicciolina do *rock*.

Ela estava dentro da sua casa, compondo e gravando um disco pornô com você, vestida de menininha inocente, empunhando um microfone como se chupasse o seu pau.

Ela estava dentro da sua casa, a casa que um dia eu dividira com você até bem pouco tempo atrás.

E eu estava do outro lado da tela do computador tendo espasmos de ira, enquanto segurava uma adaga com o punho cerrado de dor.

Essa história poderia ser — e é — uma história simples, como outra qualquer, poderia ser — e é — apenas mais uma história de amor traído e abandonado não fosse eu e essas emoções não digeridas que regurgitavam à minha revelia, não houvesse essa mágoa da qual precisava me livrar, poderia ser uma simples história de amor se tivesse me conformado e ido embora de volta para casa, mas permaneci insistentemente nesse súbito instinto destrutivo. Somos animais. E eu pensava que era uma deusa. Estava vivendo o mito. É um perigo viver o mito — o mito é para os deuses. Por isso eles estavam me punindo pela minha transgressão. Mas é só assim que se nasce. Quando a gente nasce, ganha um corpo. Esse corpo ocupa um espaço. De tempo. Perdido. Em um segundo o corpo cresce. Mas nós não percebemos enquanto isso acontece, só percebemos quando o segundo passa. Então tentamos segurar o segundo no tempo. Perdido. Segurar o segundo perdido no tempo é a morte. Nós nascemos dois para nos tornarmos um. Quem foi que nos separou? Em que segundo fatídico nós deixamos de ser um para nos tornarmos essas duas coisas indefinidas? Eu macho, você fêmea?

Da Antiguidade pra cá, a Medicina não evoluiu muito. Hoje acredita-se que a loucura possa ser curada com eletrochoques, o que é outra barbaridade. Imagina só, dar choques no cérebro para ver se ele volta à atividade normal!

É assim que a nossa sociedade trata os loucos, torturando-os. Como se a loucura não fosse uma tortura em si.

O louco é um enigma que desafia os saberes constituídos sobre a humanidade. Decifra-me ou devoro-te.

Afinal, o que é a loucura? Para mim, mais que comportar-se de forma inadequada contra a moral e os bons costumes, a loucura é a perda de controle sobre a mente. Pelo menos, foi assim que a experimentei, foi assim que me senti. Louca.

A loucura é ausência de sensações e sentimentos. A loucura não tem corpo: por isso ninguém a aguenta. Quando não se sente nada é que se pode tudo.

Eu estava prestes a explodir mas não podia, senão eu ia destruir a porra toda. Eu ia matar todo mundo. Eu não podia.

Então eu estava implodindo.

Eu já não estava dando conta de nada. Minha vida parou — por quantas horas, dias, meses, anos? Não conseguia dormir, porque todas as noites eu tinha pesadelos monstruosos, era melhor não dormir do que acordar com medo. Não conseguia comer nem trabalhar. Eu só andava em círculos pela casa num estado de pura ansiedade. Quando alguém vinha conversar comigo, eu só falava do mesmo assunto: você.

Eu passava o dia inteiro no computador vigiando vocês, lendo todos os horóscopos e jogando todos os tarôs e runas para saber exatamente o que estava acontecendo entre vocês, onde estavam, o que sentiam.

Os meus pais resolveram intervir e me levaram a um médico, que não me diagnosticou como louca e sim como ansiosa e deprimida. E me receitou um ansiolítico e antidepressivo.

Remédios podem conter a depressão? Mas não a loucura. Eu me recusei a tomar antidepressivo, mas tomei o ansiolítico por alguns dias — surtiu um efeito que parecia um soco na mente, porque interrompeu o fluxo incessante dos pensamentos, mas não melhorou a qualidade deles. Funcionou apenas como uma anestesia.

Anestesiada, mas ainda com a alma dilacerada, entrei em uma igreja.

Como sempre, a atmosfera da nave exercia um efeito calmante sobre mim, já sentido desde a infância no colégio católico, embora eu nunca tenha sido uma cristã praticante e só tenha estudado em uma instituição religiosa por imposição dos meus pais. Mas, naquele ambiente, parecia que minha alma era ouvida de alguma forma, ainda que não fosse exatamente o lugar onde me sentia espiritualmente reconhecida.

O que eu buscava ali, naquele momento, era mais do que consolo: era socorro.

A quem mais eu poderia recorrer? Estava me sentindo impotente. Talvez pudesse ter buscado ajuda num templo budista para meditar, ou num terreiro dos orixás para me proteger dos obsessores que estavam à minha espreita com toda a negatividade da situação, o que poderia ter sido mais eficaz em relação ao meu problema real.

No entanto, algo me atraiu para a igreja: eu precisava conversar diretamente com Deus.

A catedral estava vazia e me sentei no primeiro banco, diante de uma enorme cruz onde Seu Filho estava pregado na eterna paixão.

Olhei para Jesus e senti uma enorme compaixão pelo que também era uma dor para mim.

— Pai, por que me abandonaste?

Silêncio.

Meu rosto e colo ficaram úmidos com as lágrimas que voltaram a rolar.

— O que Você fez com a minha Mãe?

Essa era a pergunta que não queria calar.

A resposta surgiu na minha mente, quando olhei para o lado e vi a imagem de Maria.

Então me ajoelhei diante dela:

— Oh, Mãe, eu sei que você foi uma grande mulher. A Mãe do Filho de Deus; respeito-A por todo o amor que trouxe ao mundo. Admiro Jesus! Mas quem te fez tão virgem, Mãe?

Minha voz estava embargada de emoção. Claro que eu não era nenhuma ingênua, e como estudante de astrologia sabia que o termo "virgem" trata mais de pureza que de castidade. A Virgem do signo, por exemplo — único signo do zodíaco representado por uma mulher — , é uma das antigas sacerdotisas do templo da Deusa, que A honravam nos ritos de fertilidade da Terra e nas fases da Lua. Virgem é um signo de natureza, cultivo, dedicação e colheita, de separar o joio do trigo, de purificar e curar. É o espírito na matéria. É o sagrado no profano...

O problema era a interpretação que os papas cristãos fizeram de uma Maria assexuada, a única mulher a ter um papel santificado no Novo Testamento — o que dizer da exclusão de Maria Madalena, tratada como prostituta durante todo esse tempo quando foi uma apóstola, a mais próxima e confidente de Jesus, aliás?

Eu me lembrava das freiras vestidas de branco dos pés à cabeça nos meus primeiros anos de escola. Elas estavam sempre andando entre nós, crianças, silenciosas, algumas mais amorosas e sorridentes, outras de semblante mais fechado. Eu sentia tristeza e até um certo temor por elas.

A verdade era que eu nunca havia me identificado com aquela visão espiritual dualista, de um Pai Todo-Poderoso, o Bem, a quem devíamos obediência, por quem nos sacrificávamos tanto sem que a vida se tornasse melhor por isso, visto que a promessa era de um paraíso após a morte.

Eu sempre sentira falta da força de uma Grande Mãe que não fosse o Mal, mas que fosse Tudo e que me acolhesse com Seu néctar divino no ciclo infinito de vida-morte-vida.

Acho que foi naquele momento, no vazio daquela igreja, que mais me senti desamparada.

Mas, quando virei as costas para o altar, os sinos começaram a tocar e anjos me acompanharam até a saída.

Minha tia me olhava preocupada. Sua expressão estampava o desgosto com a discípula perdida. Eu não estava assumindo a astrologia como ela gostaria — aliás, o conhecimento astrológico estava no cerne da minha piração, através dele eu tentava controlar o mundo.

— Sinto muito te decepcionar, parece que fracassei...

— É por pensar assim que você está tomando remédio pra dormir! — ela se exasperou comigo como nunca antes. — E atraindo todo tipo de negatividade, sabe-se lá o que não andam fazendo contra você. Cadê o seu amor-próprio? Você não está entendendo nada sobre a magia de Lilith.

Respirei fundo.

— Então me explica.

Então ela disse em tom mais brando:

— Se faço mistério é porque tem caminhos que precisamos percorrer sozinhos. Compreender as coisas por si mesmo faz parte da magia.

Fiquei muda.

— Você terminou de ler o Livro de Lilith?

— Não.

— Você nem sequer terminou de ler o livro??

— Não estou conseguindo ler nada...

— Ah, mas aí é que não vai aprender mesmo!

Eu não tinha o que dizer.

— O que você precisa fazer de imediato é esvaziar a sua mente dessas obsessões. Mas eu estou sentindo que pra isso você vai ter que chegar ao âmago. Cuidado para não se meter em uma situação humilhante.

— Oi??

— Você está sendo rígida e orgulhosa. Você só vai se transformar quando seu ego compreender que não está no controle.

— Ah...

— Sem A nem B. O ego é uma estrutura da mente. E a magia só se faz em um pensamento livre. Você precisa sair desse labirinto em que se meteu. Não vai criar nada do que realmente deseja, só vai criar o caos enquanto a sua própria mente te destruir.

E continuei mandando *e-mails* e mensagens e ligando sem que você me atendesse.

E continuei insistindo sem diminuir a violência das minhas palavras, pelo contrário, eu ia dizendo coisas cada vez mais absurdas. Mas só obtinha o silêncio como resposta.

E continuei até que o Plutão que era você se sobrepôs à minha Lilith.

O efeito do remédio pra dormir passou e eu acordei, revirei na cama até não poder mais aguentar a pressão na cabeça: peguei o telefone e liguei, você não atendeu, uma, duas, repetidas vezes, você não atendeu, entrei no banho e me perfumei toda: era outra vez mulher, fui até a sua casa, entrei sem pedir licença, olhei nos seus olhos: quando é que o amor deixa de ser amor e vira ódio? Em que momento exatamente eu deixei de amar você?

O tempo todo naquela manhã o meu lado consciente me dizia: não faça, não faça, mas eu não aguentei, entende? Algo tomou conta de mim — poderia ter controlado? Mas não controlei, invadi a sua casa sem pedir licença, arrombei sua porta e tive prazer em fazê-lo, senti um enorme alívio em fazer isso, catártico, mas logo depois me arrependi, logo depois, assim que vi no seu olhar assustado a incredulidade, o choque, você olhou para mim como se eu estivesse possuída e me vi refletida nos seus olhos de vítima e chorei, mas chorei sem saber por que, não era arrependimento: era a mais profunda solidão.

Eu estava certa, eu disse, eu sempre acerto, ela está aqui, não está? Eu sabia que ela estaria, mas perdi a razão em um segundo, um segundo, como aquele em que eu deixei de amar você, um segundo perdido no tempo, sem antes nem depois.

Quis machucar você e sabia como, quis machucar porque estava machucada, logo eu, que sempre fui tão fiel! Mas eu não posso ser fiel, entende? A minha natureza não permite, nem a sua, por que você me traiu?

Quando foi exatamente que eu deixei de amar você? Perder você era o que eu queria e não queria ao mesmo tempo.

A paixão se alimenta de si mesma, é algo que não existe. Não pode existir algo tão potente assim. Tão potente que em certo momento ela se devora mais rápido do que se nasce. Então, ela acaba morrendo. E quando morre não resta nada.

Você não pode estar sofrendo mais do que eu agora, a culpa é minha, é por isso que eu estou tentando me manter anestesiada, se eu deixar a dor vir eu não aguento — morro — morri quando você me disse "para mim acabou", mas isso era tudo o que eu queria.

Até então eu estava muito viva, o sangue corria em minhas veias e eu me perfumei toda, não poderia haver alguém mais viva do que eu, eu era outra vez mulher, mas mulheres morrem, sabia? Ao contrário dos homens, que vivem para sempre. Agora eu não sou mais mulher nem nada, dizendo frases soltas e cheias de efeito, porém são palavras sem sentido, mas há essa ânsia de falar, eu não sei o que, mas falar.

Você disse que não me queria mais, disse que eu era louca, e talvez eu fosse mesmo. E por isso mesmo eu não existo, há forças maiores do que a Terra que atuam em mim, forças que também atuam em você, e nós pagamos o preço de ter forças que não são nossas.

Era tudo tão perfeito! Quer dizer, não era, nunca foi, você sabe que não, nós fingíamos que era, sabe por quê? Porque precisávamos loucamente um do outro, loucamente assim, com surtos e psicoses. Nós nos reconhecíamos um no outro, nos amávamos um no outro e se nos desamávamos é porque víamos o nosso próprio reflexo nos olhos um do outro. Não é todo mundo que assume a carga.

Nada está acontecendo, você não vê?, tudo está na sua mais perfeita normalidade. Não há nada fora de controle. Nem mesmo ela: essa mulher que você colocou na sua casa. Uma intrusa que ocupa o meu lugar — ou que pelo menos deveria ter sido —, tudo isso é tão patético, meu Deus, num vislumbre de sanidade eu disse: "Quem eu penso que sou?". Essa não sou eu, eu sou aquela que era antes de acordar, sou inocente, isso que está acontecendo não é real, que direito tinha eu, meu bem, de fazer isso?

Eu gosto quando você me possui, eu disse, eu gosto de me deitar e enlaçar você com braços e pernas em um abraço mortal. Eu gosto de ouvir o seu choro. Eu gosto de sentir você gozar. Por um segundo máximo, eu sou toda eu e toda você. Um segundo daqueles, perdidos no tempo.

Eu perco a razão em um segundo, perdi a minha inocência em um segundo. Eu sonhava com um final feliz para a nossa história de amor, mas cadê o feliz? Eu estava sonhando, mas de repente acordei no pesadelo e havia essa mulher na sua casa e eu me transformei num monstro e você está com medo de mim, quando é que o amor deixa de ser amor e vira ódio?

Eu tenho um lado animal: é ele que me faz cair na porrada. É ele que me defende na luta pela sobrevivência. Ah mas como é difícil ser mulher e admitir a própria violência. Uma mulher não tem direito à agressividade sob pena de rejeição do homem — mas antes de ser mulher sou um animal primitivo com um sofisticado instinto de defesa.

Ainda sinto o seu gosto. Tudo é tão passageiro. Você pode me perdoar? Mas o perdão não existe, o perdão é uma mentira. O ressentimento está todo lá no fundo e quando menos se espera ele sai num vômito.

Volta pra mim! Não existe fronteira entre mim e você, eu pedi por você a vida toda, pedi em silêncio e fui atendida, são forças maiores que atuam em nós — quero prender você em um segundo, perdido no tempo, quero prender você no meu corpo, volta pra mim.

Não, não volta pra mim. Nunca mais. Sabe por quê? Porque eu não quero mais você e nós vamos nos matar de novo.

Mais uma traição na nossa história. Você me traiu — ou fui eu que traí? Ela estava lá na sua casa: corpo de mulher estendido na sua cama, enroscada nos seus lençóis, acordando de manhã com beijo de boca dormida, se espreguiçando e se levantando em passos preguiçosos e ondulantes até o banheiro, descobrindo-se amassada e descabelada ao espelho, sorrindo satisfeita ante sua própria visão (você tão desperto nela), escovando os dentes com a sua escova (ela tão desperta em você), desfilando pelos corredores da sua casa vestindo apenas a sua camiseta preferida, tão extraordinariamente íntima e cotidiana — eu arrombei a sua porta e ela estava lá, e a partir disso qualquer história — real ou imaginária? —, qualquer história se tornou irrelevante diante do meu desespero, a narrativa se desfez e me recolhi na minha mente onde permaneci presa por muito tempo, já não existia nada além da minha obsessão.

Estou fazendo um esforço tremendo para contar a nossa história do meu ponto de vista. Eu gostaria que você me compreendesse, porque preciso da sua compreensão.

Naquele momento você era incapaz disso. Compreender é dar-se por inteiro. Compreensão é uma força maior.

É por isso que tento recuperar a história com o máximo de fidelidade possível. Acredite, isso tem um custo altíssimo para mim porque mesmo agora, depois que tudo já passou, lembrar ainda me causa dor.

Temo que a força me domine novamente, mesmo que eu tenha certeza de que isso nunca mais vai acontecer. Não vai porque eu compreendi a natureza da força. Eu a aceitei. Mas com essa força não se brinca e cá estou, remexendo onde não devia.

A minha briga ali não era com você, era com ela. Quando invadi a sua casa, não invadi a *sua casa* — eu invadi a *casa dela*. Por isso você me expulsou: ninguém antes havia entrado lá na casa da sua mãe.

E ninguém nunca vai entrar. O passe é proibido. Há forças maiores que atuam em nós. E a gente paga o preço de ter forças que não são nossas.

Eu queria um homem e um menino. Eu queria os dois. Mas para isso você precisava nascer. O menino que havia em você não queria crescer, não queria sair da sombra do Pai.

Mas só um homem pode amar uma mulher como eu.

Foram dias de histeria, até conseguir pensar na raiva que me dominava. Paralisei.

Tinha medo de continuar reagindo porque qualquer atitude teria consequências para o bem ou para o mal. Eu não podia prever. A coisa toda tinha saído de controle. Eu estava descontrolada.

De alguma maneira, depois de feita a grande merda, consegui conter meus impulsos. Não sei explicar como nem por quê.

Prendi tanto você a mim que acabei me prendendo a você.

Precisava de liberdade. Precisava de limite.

A cena diante de mim me contemplava o tempo todo, eu contemplava a cena: vocês dois juntos, na intimidade do seu quarto. E eu ali dizendo coisas horríveis que ainda tenho a coragem de repetir. Coisas horríveis que eu não sabia que era capaz de sentir. Por mim. Por você. E que eu tinha um prazer imenso em dizê-las.

Um estranho prazer em desagradar.

Talvez eu precisasse desagradar. Estamos sempre tão presos à necessidade de sermos amados, não é mesmo? Uma necessidade tão visceral que nos perdemos fazendo qualquer coisa por afeto, nos sujeitando para não sermos rejeitados.

"Não consigo me curar dessa doença. Eu quero muito você. Hoje passei o dia inteiro pensando em você. Começou assim: em um segundo perdido no tempo — e não parou mais. Morri de ciúme porque aquela mulher estava com você. Eu não podia perder o seu corpo. Você sabe que, assim que perdemos o corpo, perdemos também a alma. Em que segundo exatamente ela entrou na nossa vida? A resposta é: ela sempre esteve entre nós. Sempre foi parte de nós. Mesmo quando ainda nem nos conhecíamos. O nosso destino era encontrá-la. Estamos fadados a viver sob o jugo das forças maiores que atuam em nós.

"Naquela manhã acordei e a anestesia já havia passado, e toda a loucura veio à tona. O ciúme é uma loucura. Eu não podia perder o seu corpo! Você não está entendendo, mas isso aqui é toda a minha existência. Levei uma vida toda para entender. E eis que de repente chega aquela mulher e invade o meu mundo.

"Aquela mulher sou eu."

— Por que sempre tão dramática? — perguntou a minha mãe libriana, com visível desaprovação do estado desesperado em que me encontrava.

— Porque tenho paixão pulsando no ventre e sangue correndo nas veias — respondi.

Meu pai olhou de canto de olho e saiu da sala. Ela continuou:

— Não é se comportando assim que você vai atrair seu homem de volta...

Aquilo me irritou:

— Ah, é? Então devo fazer como você, fingir que não vejo o que ele faz e me submeter em silêncio, só pra ele não me abandonar?

Ela ficou ofendida:

— Quem disse que não sei o que seu pai faz?

— Ah, a carapuça serviu...

— Você é que não sabe de nada, garota. São opções que fazemos na vida. Não deixar que coisas menores afetem seu relacionamento é uma delas — ela retorquiu, toda cheia de si.

— Você é mesmo muito elegante — eu estava passada com ela. — Conseguiu manter seu casamento esses anos todos, parabéns. Sempre se contendo e contornando problemas, toda esteticamente bem tratada e com inegável *sex appeal*, tenho que reconhecer. Admirável. No entanto vive pela metade, com um homem que não está inteiro ao seu lado.

— O que é estar inteiro ao lado de alguém? — ela questionou; estava começando a sair do sério. — Diga-me, por acaso você já esteve inteira ao lado de alguém? Pelo que entendi, não estava com o Miguel. E depois tampouco esteve com esse João. Você é tão inteligente e estudada, vive cheia dos mistérios com sua tia, e até agora não entendeu que as pessoas são individualistas e só fazem o que querem? Se você quiser ficar com um homem, melhor aceitá-lo como é.

— Estou realmente chocada com você — continuei, ressentida. — Como usou a razão pra se convencer que é feliz assim!

— Você acha que sabe mais da minha vida do que eu? Bom, não sou eu que estou me matando por ninguém nesse momento, não é?

Respirei fundo.

— Isso é relativo. A mim parece que você está se corroendo por dentro, embora mantenha as aparências — ela me olhou com tanta raiva que preferi parar por ali. — Olha, não quero brigar com você agora, depois de uma vida inteira brigando. Certo? Hoje sei que cada uma é de um jeito e tem seus valores. Pra você o casamento está acima de tudo. Já eu acredito que o amor seja maior do que qualquer instituição. É essa entrega que busco.

— Mas você é uma romântica mesmo. Inocente. — agora a ressentida era ela. — Se é isso o que busca, está fazendo errado. Acha que vai forçá-lo a amar você assim, descontrolada? Assim ele vai fugir de você.

Aquilo bateu mal. Ela tinha razão, mas eu não podia dar o braço a torcer. Afinal, parece que nunca ia me entender com a minha mãe. Ela tem a Lilith em Sagitário; como este era o meu signo, ela projetava sobre mim sua sombra inconsciente.

"A liberdade de expressão é uma necessidade visceral da Lilith em Sagitário, assim como a independência. No entanto, ela pode ter medo das suas próprias opiniões e vontades e acabar aceitando o que dizem os outros, ou a moral e os bons costumes. Ela pode sofrer com a repressão mental e compensar sua dificuldade com a contestação agressiva da influência que os outros exercem sobre ela. Como resultado, pode ser dogmática, intolerante e inflexível."

E eu, sua filha, tão sagitariana, pensando com a minha própria cabeça desde sempre e indomável, crescera na espera de que ela parasse de mentir e se abrisse a um diálogo honesto e vibrante comigo...

E a relação dela com meu pai? Ele tinha a Lilith em Libra, o que fazia todo sentido, visto ter se prendido a esse casamento com sua própria Hera — para mim, a Lilith em Sagitário da minha mãe tinha a cara da deusa do Olimpo, a ciumenta mulher de Zeus, também conhecido como Júpiter, que além de "pegar" outras deusas, se transformava em todos os animais da terra para foder com as humanas também. Mas, como ambos eram inconscientes de suas Liliths, lá estava meu pai, dependente dessa convenção social chamada casamento. Será que ele sabia o que estava fazendo?

"O casamento é um dos valores mais tradicionais, o que a Lilith em Libra pode negar. Sua natureza não permite se subjugar por essa instituição e pretende subverter o compromisso em uma parceria verdadeira. Por que as pessoas se unem? Lilith em Libra busca uma aliança no que esta pode ter de mais legítimo. Mas há muitos outros interesses sociais pelos quais as pessoas ficam juntas, e muitas vezes ela se transforma na esposa obcecada ou na amante profissional, ou ainda, sendo um homem, se atrai por uma mulher que cumpra esse papel."

Tudo isso passou pela minha cabeça em questão de segundos, como um raio iluminando tudo, quando meu pai entrou novamente na sala.

— Abri esse vinho delicioso que trouxe de Portugal na última viagem, é o melhor e mais caro vinho português — ele chegou sorrindo, como se não soubesse que eu e minha mãe estávamos discutindo pela enésima vez na vida. — Será que você pode misturar remédios e álcool? — perguntou, como se tivesse acabado de se dar conta de que a sugestão de beber as nossas mágoas não era boa.

E ficamos nós três ali, nos olhando meio sem saber o que dizer, como desde sempre.

Em uma rara hora de sono nessa temporada insone, sonhei que estava andando pela rua como uma mendiga enlouquecida, esbravejando contra tudo e todos.

De repente, eu estava sozinha numa cela. Em um movimento surrealista do sonho, aquela garota estava lá comigo.

A minha imaginação onírica começou a sofrer interferências como numa transmissão de televisão enquanto ela se aproximava de mim. Uma interferência energética? Ela me beijava de língua.

Estávamos nuas. Ela se abaixava e chupava o meu clitóris, nós duas nos metamorfoseando em uma.

Mas quando eu ia gozar, em vez de sentir prazer, fui tomada por uma súbita angústia. Olhei para baixo e não pude vê-la; na imagem distorcida ela já era parte de mim. Eu podia senti-la em mim. Ela me mamava como um bebê, sugando minhas forças como se quisesse chupar todo meu sangue.

Ela queria me matar.

Tssss era o silvar das cobras rastejando ao redor. Eu ouvia, mas não conseguia ver.

Comecei a me arrastar para trás na tentativa de me soltar, mas ela permanecia agarrada à minha boceta — sua boca era uma ventosa!

Então serpentes saíram do seu cabelo de Medusa. Abri a boca de horror em um grito mudo.

Quando acordei, tinha virado pedra.

Quantos dias, meses, anos eu passei hipnotizada por aquelas fantasias que aquela garota publicava para você nas redes sociais?

Quantas vezes vi se repetir aquele repertório de apologia ao sexo animal e grupal, o irritante *emoji* de raio deixar todo mundo nervoso, as letras de música que declaravam o fascínio por você, os comentários competitivos que o envaideciam?

Quanto tempo fiquei paralisada no computador enquanto lá fora chovia, fazia sol, Mercúrio retrogradava e voltava a andar para frente e você não me respondia do jeito que eu esperava, um cometa passava raspando em Marte sem extinguir a minha ira, Plutão seguia destruindo a minha Lilith e a alguns anos luz, no seu mapa astral invertido, a estrela do demônio piscava o olho para nós?

Não posso ficar sem anestesia. Mas também não posso permanecer anestesiada. Preciso da dor para nascer. Nascer dói, sabia? Mas com a dor eu me desespero. Você viu. Naquela manhã que arrombei sua porta, eu estava morrendo de dor. Eu era um animal. Ferido. Ser livre é muito difícil. É muito mais fácil deixar a força se impor sobre nós. Aceitar a força é a nossa maior liberdade. Só somos livres quando a reverenciamos por vontade própria. A força é uma ferida aberta. Não cicatrizada. É a ferida do ar abrindo os pulmões para entrar. É a ferida que toda mulher tem no meio das pernas. Uma ferida fatal. Todos vamos morrer por causa dela. Você sabe disso. Você é mulher.

E lá estava ela deitada nua sobre a pedra, pernas abertas com a boceta virada para o céu, guirlanda de flores no cabelo, véu branco de noiva caindo sobre a relva, batom vermelho nos lábios finos. Lá estava ela nua na capa do álbum "Made in heaven".

Foi um choque tão grande que, pela primeira vez em muito tempo, eu não sabia o que pensar.

Já estava tão acostumada a odiá-la, a reagir furiosamente a cada comentário que ela publicava nas redes sociais, a condená-la por seu comportamento inadequado. Pela primeira vez, não sabia o que pensar.

Aquela era a síntese de tudo o que eu temia. O obsceno trabalho de vocês dois concluído, escandaloso, se vendendo para o mercado, à espera de palco para se expor ainda mais. Só faltava o encarte vir com uma fotografia de vocês dois fodendo na relva.

Se não senti mais raiva? Sim — talvez a maior que já senti na vida. Tão grande que se consumiu naquele segundo, como um buraco negro que engoliu a si mesmo. Sem explosão: apenas desaparecimento.

Em seu lugar surgiu um vazio.

Questionei-me se não estaria sendo moralista com todo o meu julgamento negativo sobre a personalidade e o estilo daquela garota e seu trabalho. Se não estaria sendo má perdedora.

Sim, estava. Apesar da minha liberalidade entre quatro paredes, eu estava sendo hipócrita.

Talvez a equivocada fosse eu, por não ser mais bem-humorada diante daquela situação ridícula. Onde estava meu senso de humor?

Eu curtia uma pornografia, quer dizer, admirava a arte erótica, não aqueles vídeos degradantes para mulher que os homens adoram assistir na internet. Eu adorava as nossas sacanagens.

Em relação ao trabalho dela, era capaz de entender o conceito, de compreender sua proposta cultural. Era capaz até de admirar a coragem.

Mas não era capaz de admirar a obra em si, o que me obrigaria a aceitar que você estava envolvido naquilo.

Olhava para aquela capa de disco: era sexual. E daí? Não era esse o problema, e sim o fato de que eu estava sendo traída. Mas eu estava repetindo o coro dos repressores que eu mesma tanto condenava. Ai, Lilith. Estava reconhecendo em mim o seu lado mais sombrio, eu era a repressora quando tudo o que desejava era ser livre.

O problema nunca havia sido aquela garota. O problema era você — um cara que queria manter o seu poder sobre nós, mulheres.

Enquanto eu fazia a louca, você estava lá, todo cheio de razão, fazendo pouco-caso.

A verdade é que o problema era eu. Mais especificamente, a minha falta de amor-próprio. Por mais que você fosse mais um homem "se achando", resolvi parar de culpar você e olhar para o que em mim permitia que me tratasse daquele jeito. Porque era isso o que Lilith gritava pra mim, que no fundo, por trás de toda a minha máscara de sabichona, eu tinha uma ferida muito antiga: a de ser uma mulher em uma sociedade patriarcal.

Essa era a marca da minha identidade: eu era totalmente inadequada nesse mundo de meu Deus, em uma relação em que eu deveria seguir um homem em vez de caminhar ao seu lado. No momento que Plutão fez conjunção à minha Lilith, precisei ir contra todas as regras até destruir minha correntes — e só então estaria livre para ser o que eu quisesse, independentemente de qualquer julgamento social.

Depois que compreendi isso sobre mim, questionei se você se amaria tanto assim quanto fazia parecer, ou se era tão ferido quanto eu. Afinal, cada uma ao seu modo, nossas Liliths sofriam da mesma incongruência.

Aquela foto só me refletia a minha própria infantilidade desde o primeiro momento que temi perder você para ela. Então havia acontecido: você havia me abandonado. Quando tudo o que eu precisava era da minha autonomia!

Era como se um raio tivesse caído na minha cabeça e eu visse tudo com repentina clareza. E, se eu mesma havia provocado tudo isso com a minha obsessão em ser traída, os pensamentos fixos nesse trágico desfecho?

Toda a minha aversão ao que aquela garota representava e ao que você parecia ter se tornado por causa desse encontro, toda a minha fúria — tudo não passava de reação de mulher que havia vivido um relacionamento tóxico sem perceber.

É sempre um que assume para si a carga, enquanto o outro se faz de vítima. Quem de nós foi o algoz? É mais fácil deixar a força se impor sobre nós.

Quando nascemos, somos expulsos de um corpo. O ar entra em nossos pulmões pela primeira vez e choramos de dor. Daí dedicamos nossa vida a procurar outro corpo pra morrer.

E encontramos. E somos expulsos novamente. Ou não encontramos.

Em algum momento deixamos de desejar o encontro? Sim: agora. Por um segundo deixo de desejá-lo. E nesse segundo fatídico estou em êxtase.

Nesse exato segundo eu olho para trás e não posso medir o tempo que passou. Quantos segundos, dias, meses, anos se passaram desde que acordei e a anestesia já tinha passado? Nesse segundo olho para frente e não posso medir o tempo que virá. Quantos segundos dias, meses, anos se passarão até quê?

É um segundo perdido no tempo. O segundo já morreu. Morreu quando perdeu o seu tempo.

Você não sabe quantos amores sacrifiquei até aqui. Nem quantos corpos fui deixando pelo caminho.

Se compreendêssemos antes o que estávamos fazendo um com o outro, teríamos feito diferente?

A resposta é: não. Nós precisávamos cair no erro. É caindo no erro que acertamos.

Para se encontrar, é preciso uma vida inteira. Uma vida repleta de erros e acertos. De nascimentos e mortes. Vida é pergunta. Morte é resposta. Por que então tememos tanto a morte?

Não posso responder a isso — ainda. Só, quem sabe, quando a verdadeira morte vier me buscar por toda a eternidade.

Ainda fiquei alguns dias acessando as redes virtuais de vocês dois, mais pela força do hábito que havia criado em minha histeria do que por interesse real.

Aquelas cenas já não me impactavam mais. Eu as olhava com enfado.

Estava desencantada com você.

Erros meus, erros seus, uma terceira pessoa atravessando o nosso caminho — nada daquilo importava mais.

O que impedia o vazio de se tornar absoluto era a minha memória. Eram as lembranças felizes da nossa história. Do que havíamos vivido de bom juntos. Das oportunidades que deliramos porque precisávamos aproveitar. Da alucinação do tempo em que fomos um casal.

Pelo sagrado celular cultuamos nosso amor, erguemos oferendas aos deuses e demônios da paixão entre fotos, mensagens e vídeos.

Tinha sido tudo intenso e verdadeiro, e transformador, embora aquela dolorosa transformação ainda não estivesse concluída em mim.

Eu precisava me afastar da minha memória, ainda que temporariamente, já que não é possível apagá-la da mente como quem apaga um arquivo digital. Afastar-me da memória era necessário para minha temporada na floresta. Agora eu compreendia: no meu destino de mulher-Lilith, eu tinha que partir.

Lilith, a exilada.

Eu precisava romper com todas as identificações anteriores se quisesse me reinventar. O propósito era claro: libertar a minha mente porque só assim eu poderia criar.

Primeiro peguei os remédios para depressão e ansiedade e joguei no lixo. Depressão, doença do ego. De quem não aceita o fluxo da vida e fica preso ao passado. Ansiedade, doença do ego. De quem não aceita o fluxo da vida e tenta controlar o futuro.

Peguei as nossas poucas fotografias, que eram todas digitais, e todas as nossas mensagens virtuais, e deletei de uma só vez.

E foi assim que me retirei da sua vida para entrar na sua memória.

"Quando se sente amorosamente traída ou quando trai seu próprio desejo, Lilith precisa sair de cena para recuperar a autoestima. Depois de recobrar as forças, a pessoa retorna segura de si, trazendo à luz as sombras geradas nas entranhas da alma."

Antes de sair de casa, parei para olhar a imagem de Lilith naquela tábua de terracota, com asas e garras.

Era mesmo um demônio? Ou seria um pássaro?

Senti um enorme amor por ela, tão grande que queria abraçá-la com toda a doçura que restava em mim.

Ela merecia ser reintegrada à nossa natureza com todas as honras.

Rumo à minha liberdade, fiz uma mala pequena de roupas, separei uns livros de astrologia, o Livro de Lilith, juntei uma outra bolsa de pincéis e tintas, mais alguns papéis e as maiores telas que conseguia transportar, coloquei tudo no carro e subi a serra.

Aluguei uma cabana no alto da montanha, para satisfazer a minha Lilith capricorniana. Era um abrigo bem rústico onde mal havia iluminação elétrica, nem sinal de celular ou de internet. Onde o silêncio só era interrompido pelo som da floresta e do rio que corria ali perto.

Era inverno. A cabana cheirava a madeira, era reconfortante. Havia uma cama quentinha, mas dificilmente teria um banho quente naquelas condições.

Na sala, um sofá pequeno, uma mesa com duas cadeiras e algumas almofadas era tudo o que havia para me acomodar. Mas eu estava interessada mesmo era naquele espaçoso assoalho de madeira, onde poderia ensaiar alguns passos de dança com o aparelhinho de som portátil. E, é claro, espalhar o meu material de pintura à vontade.

Na cozinha, o fogão à lenha era um charme. Pensei no que poderia preparar de comida que durasse o suficiente sem precisar ir à cidade toda hora, afinal estava ali para criar algo e meu tempo deveria ser ao máximo dedicado a isso.

Voltei à cidade para comprar suprimentos pra imersão. Garanti alguma lenha também, e um machado pra tentar cortar mais depois.

Já era quase noite quando finalmente me assentei naquela que seria a minha casa pelo tempo que fosse necessário pra criar a minha obra e renascer artista.

Primeiro, meditei: aproveitaria o tempo que estivesse ali pra aprender a controlar a minha mente, o que era o mais essencial de tudo. Eu precisava deixar meu ego bem humilde para não destruir tudo: já não era sobre mim, era sobre Lilith. Entendi que essa força não podia ser dominada. Meu propósito era dar-lhe voz.

Depois acendi o fogão e também uma fogueira do lado de fora, deixei uma panela no fogo preparando um caldo verde e deitei na grama para viajar por um céu estrelado como jamais havia visto.

Decolei da Terra, peguei embalo ao contornar o Sol e me lancei como um foguete por todos os planetas até alcançar Plutão.

No dia seguinte acordei menstruada e com uma cólica horrível. Foi com muita dificuldade que levantei da cama, o corpo pedia para dormir mais.

Esquentei água para pôr uma bolsa térmica na barriga. Do lado de dentro fazia frio, mas lá fora o sol estava forte. Depois que a dor aliviou um pouco, resolvi caminhar e conhecer a região.

Andei bastante em todas as direções. Descobri árvores, vales, vistas abismais de cadeias montanhosas. E percebi algo extraordinário: a natureza se comunicava comigo como nunca havia experimentado, por mais que cultivasse uma relação próxima com o mundo natural.

Podia reconhecer os lugares onde a energia pulsava mais forte e me valorizava: as pedras e as clareiras. São locais de poder, segundo os xamãs. Plantas e árvores emanavam uma luz especial, potência solar em forma de clorofila. Era só chegar mais perto que os poros se abriam pra receber aquele néctar etéreo. Sentia-o penetrar e se espalhar através das veias, irrigando meu microcosmos particular.

A minha relação com a floresta se aprofundava enquanto caminhava. Ela me inspirava seus segredos e me guiava. Uma transformação ocorria em meu ser, passo a passo.

Eu estava recuperando uma memória antiga: a de minhas antepassadas indígenas, agora eu o sabia. Cada átomo do meu corpo vibrava com o retorno ao lar. Uma revolução quântica no limiar de uma nova era!

Encontrei o rio que havia perto de casa. Segui seu curso pedras acima até chegar a uma enorme cachoeira. Uma visão esplendorosa como o paraíso: o paredão de pedra resplandecente, a água surgindo impetuosa do topo e se lançando, destemida, leve e pesada, de encontro à gravidade. As gotas que respingavam na pele instantaneamente absorvidas pelo calor.

A sensação dessas pequenas ebulições foi me despertando um tesão magnético.

Tirei o biquíni.

A água massageou minha cabeça, costas e barriga. Fui invadida por uma sensação de abundância com a energia me encharcando por dentro. Mergulhei na piscina natural, deixando um rastro do sangue que saía do meio das pernas. Nadei até meu corpo ficar tão gelado quanto a água.

Depois, como uma réptil, deitei numa pedra grande para pegar um pouco de sol nas escamas.

Algumas horas se passaram e eu virando luz.

Na volta colhi flores e pinhões, que deixei cozinhando na panela de pressão para comer com arroz enquanto fazia um arranjo num dos copos que havia no armário. Deitei novamente na grama para assistir ao sol se pôr, um ritual que repetiria todos os dias enquanto permanecesse ali.

Passaram-se ainda dois dias de silêncio exterior e gritaria interior que eu tentava acalmar, primeiro somente com exercícios de respiração porque não conseguia meditar. E enfim com a meditação, até limpar a mente das obsessões que tanto haviam me confundido e me deixado infeliz.

Era difícil não pensar em tudo que havia acontecido. Eu estava revoltada e morrendo de pena de mim mesma. A solidão da cabana me tocou em um lugar muito profundo... a alma.

Foram dias de choro, sensação de vazio e impotência, enquanto as belezas da natureza iam se infiltrando no meu coração. Aos poucos, a sensação de paz tornava-se mais constante.

O processo criativo não despertou naquele primeiro momento. Era como se precisasse antes me reencontrar, para só então saber o que eu tinha a expressar sobre tudo aquilo.

Entrei em casa após me deslumbrar com o cosmos em uma noite sem Lua e me curvei com a dor lancinante que explodiu do útero e se propagou em espasmos por todo o corpo. Tão forte que derrubou minhas pernas e me jogou no chão.

Soltei um guincho que soou como um lamento demoníaco na calada da noite. Metade mulher, metade bicho. Com instinto animal arranquei as roupas e os cabelos enquanto me esfregava sôfrega no chão, num frenesi incontrolável. Lambi meu próprio sangue, a língua puxando as escamas, revelando o couro que por baixo da pele humana era coral e metálico.

Onde estava a Lua? Sua ausência foi sentida como um abandono absoluto, como jamais havia sentido na minha vida. Fui tomada por uma solidão avassaladora, por um momento pareceu que nada mais fazia sentido.

Então a reconheci na escuridão.

Não era corpo, não tinha luz. Mas era ela.

A primeira mulher de todas.

Ela se anunciou em minha mente. Numa língua morta há milênios ouvi-a dizer:

"Ferida de amor eu estou,
potente como a morte é o amor."

Reverenciei-A, Aquela cujo nome não deve ser pronunciado.

Fiquei ali — quantos dias, meses, anos? — me lambendo e me metamorfoseando com as emanações da Lua Negra, que finalmente havia identificado em seu tempo-espaço, naquele ponto vago da órbita lunar ao redor da Terra. Aquele magnetismo que me puxava para dentro e me virava do avesso. Eu a sentia como força telúrica, ânima xamanística das entranhas do planeta subindo como eletricidade serpentinas *tsss, tssss,* dando choquinhos pelo meu corpo, *tsss, tssss,* se enroscando nas minhas pernas e braços — até que um de seus tentáculos entrou queimando pela minha boceta, subiu pelo vão da minha coluna e mordeu a nuca.

Foi quando os meus olhos de serpente se abriram, amarelos.

Levantei em transe, peguei a adaga, amarrei na cintura e saí nua da cabana.

Busquei um galho grosso e voltei ao fogão para acendê-lo.

Segui pela mata empunhando a tocha. Para onde eu estava indo, não sabia conscientemente. A força me conduzia.

Meus passos rápidos sobre as folhas secas, *tsss, tssss*, árvores de galhos retorcidos, araucárias, jabuticabeiras, árvores frondosas de todos os tipos, no meio das folhas verde-escuras os olhos de coruja reluziam. Eu passava dentre elas como vento. Nas minhas costas sentia as asas rasgando a pele, se preparando para abrir.

Andei até uma gruta que não tinha conhecido na caminhada exploratória do dia, mas que na madrugada minha alma reconhecia de tempos imemoriais.

Minha alma imoral e selvagem.

Entrei na gruta escura e úmida. À luz da tocha morcegos saíram voando.

Continuei entrando até chegar a um salão grande o suficiente para abrir um círculo mágico de poder.

Desembainhei a adaga e mirei o céu. Invoquei Lilith na sua língua morta, e o metal brilhou com o poder magnetizado. Apontei para o chão e risquei um círculo ao meu redor. Ao centro, cavei um pequeno buraco com as mãos e enterrei a tocha, fazendo-a de fogueira.

Do fundo da minha alma, a voz dela ressoou através de mim naquela língua morta:

"Viva."

Comecei a dançar como minhas ancestrais, segundo a memória orgânica do corpo.

Dança do ventre bestial. O sangue de novo escorria pelas pernas e pingava no chão. O transe se aprofundava a cada tranco dos quadris e choque do pescoço. A batida do silêncio se tornava mais surda enquanto a cabeça sacudia e os cabelos adquiriam vida própria, me entregando cada vez mais ao êxtase dionisíaco.

Imagens passaram pela minha tela mental: eu com várias idades, em várias vidas. Um bebê recém-nascido no colo da mãe nua. Uma criança de vestido e touca de linho em uma fazenda perto de um moinho. Em um círculo de mulheres dançando peladas na floresta. Eu menina descobrindo a vulva, sozinha no banheiro. Nos seus braços sobre o feno de um celeiro, o crucifixo de prata no seu pescoço batendo nos meus seios enquanto você me penetrava ardentemente. Uma jovem sendo estuprada por vários homens, apanhando violentamente, carregada e largada na esquina para morrer. Era eu idosa com as marcas da lepra no rosto e nos braços. Amarrada nas mãos e nos pés e ateada ao fogo numa cruz. Eu como todas as mulheres do mundo em todas as vidas.

Aí a tocha se apagou e faleci.

De madrugada, abri os olhos e vi um homem entrando na gruta, coberto com um capuz negro, vestido como um mago. Ele se agachou ao meu lado, pôs minha cabeça no colo, me deu de beber num cantil de couro e me ergueu um pouco para alcançar a parede da gruta. Pegou a minha mão e pincelou na minha boceta ainda encharcada de sangue. Com meu dedo indicador ele desenhou uma centaura rupestre, arco e a flecha nas mãos.

A magia se fez.

Nasci grogue por causa das drogas que minha mãe precisou tomar pra parir. Levei um longo segundo pra chorar. Quando nasci, todo mundo pensou que eu estava morta. Foi assim, em um segundo interminável entre o que estava dentro e o que estava fora. Todo mundo pensou que eu estava morta. Nascer dói. É quase morte. O primeiro ar que entra nos pulmões machuca. Por isso o bebê chora. Eu levei um longo segundo pra chorar. Eu levei a vida toda pra sentir essa dor. Eu a senti no momento que respirei o mesmo ar que você. Foi só então que eu nasci de verdade. O amor é um susto. Um dia você me abandonou — assim, repentina e inesperadamente — e o amor nasceu. Já era amor antes? Não sei. Soube de repente. O amor assusta. Se eu não soubesse de nada disso, meu amor seria puro. Sem máculas, sem mágoas. Você suportaria meu amor inocente? A inocência é um perigo: exige responsabilidade para não feri-la. Mas não existe tamanho cuidado. A inocência é um fardo. Você suportaria? Tanto que não suportou.

Algo entre nós está errado como sempre esteve: sou mulher. Mais uma vez peço perdão pela minha inadequação. Perdoe-me por desejar você e não permitir que me possua. Perdoe-me por fazer da sedução a minha arma e ser a presa das minhas próprias armadilhas. Perdoe-me por só me revelar no escuro, e ainda assim não me revelar. Perdoe-me pela minha selvageria. Perdoe-me por partir. Perdoe-me por voltar sempre diferente. Perdoe-me por sentir saudade. Perdoe-me por não lamentar a sua perda. Perdoe-me por morrer e renascer a cada 28 dias. Perdoe-me pelo meu corpo que se encaixa perfeitamente ao seu. Perdoe-me por ser meio sua mãe de vez em quando. Perdoe-me por amar tanto que chego a ser má. Perdoe-me por sempre haver um gosto amargo no meu amor mais doce. Mordi o fruto proibido e fui expulsa do paraíso. Tomei conhecimento do bem e do mal. Provei de meu próprio veneno — sou um animal astuto: minha peçonha é a arma mais letal que existe: a palavra mata instantaneamente — veneno que se provou o meu remédio: não resisti à tentação. E não fiz isso apenas por mim — fiz isso por nós. Fiz porque precisava nos libertar. Fiz porque não aguentava mais viver em idílica inconsciência, porque estava presa nessa eterna infância, fiz porque a noite e o dia se alternavam, porque era inverno, mas de repente a natureza florescia, e logo era verão e tudo estava claro, então escureci outra vez e a vida cresceu em mim, e eu precisava criar o meu paraíso, mas eu não podia criar sozinha, então pela primeira vez eu desejei você, mas você de nada sabia.

Algo entre nós está errado como sempre esteve: você é homem. Eu perdoo você. Eu perdoo você por ter me expulsado de casa, por ter me crucificado e me queimado na fogueira. Eu perdoo você por ter me culpado — de quê? De tudo. Eu perdoo você por ter tentado se livrar de mim. Eu perdoo você por ter me negado. Eu perdoo você por ter reprimido em mim qualquer manifestação espontânea de amor. Eu perdoo você por ter me subjugado, maltratado, perdoo você por ter me inferiorizado com fúria. Eu perdoo você pela sua arrogância, por achar que só porque construiu cidades a terra não pode mais tremer. Eu perdoo você pelas lágrimas que chorei em vão, perdoo você por todo meu sofrimento. Eu perdoo você por ter abusado do poder. Eu perdoo você por ter tentado ser menos tolo e ter se tornado perverso. Eu perdoo você pela sua fragilidade diante da sua própria impotência. Eu perdoo você por ter desejado ficar mesmo contra a sua vontade. Eu perdoo você por ter destruído a minha família e não ter me oferecido uma nova. Eu perdoo você por ter criado essa cisão inexistente entre razão e emoção, entre meu corpo e a sua alma. Eu perdoo você por ter achado que era Ele. Eu perdoo você porque compreendo o seu desejo de partir. Porque só quando você olhar a vida fora de mim, vai ver a vida que há dentro de mim. Não há como vê-la se não sair: você pensa que é morte. Você me teme como Satã. O que você ainda não entendeu é que estar comigo o torna um Homem. E isso é tudo o que você é.

Mexendo no meu caldeirão — feitiço de mulher —, atraio você para mim, o recebo em meus braços, abraço, e o meu corpo que é terra você fertiliza, nosso encontro de almas para além do tempo e do espaço, o tempo é terno, o espaço é escuro, mas nossos corpos são claros e a vida explode em cor, a minha consciência se obscurece — no encontro eu me entrego a você, que se entrega a mim — tudo é nada, é um, é dois, e eu perdi as contas, mexendo no meu caldeirão — feitiço de mulher — , atraio você para mim e com você sou *una, due, unus mundus*.

E foi assim, em transe erótico, que surgiram as imagens daquela que seria a minha obra de arte.

Passei os dias seguintes completamente absorvida pela criação. Eu reconceituei as pinturas rupestres. Além das figuras animais e míticas como serpentes, corujas, centauras e Lilith, pintei vulvas e falos, a Lua Negra e o buraco negro, estrelas, planetas, chacras, cruzes, os quatro elementos, olhos e cristais.

Era uma escrita hieroglífica sobre o mistério do feminino. Eu sentava de boceta e cu abertos, deitava e rolava sobre as imagens, fazia círculos com os mamilos, rasgava a tela com a adaga para expor as vísceras, costurava os lábios como nas cirurgias de extração do clitóris, lambuzava os cabelos na tinta rubra e açoitava o quadro numa vingança tardia contra toda a violência sofrida.

Entre um quadro e outro eu me masturbava, dançava, chorava, ria, tomava banho de cachoeira, cortava lenha, assava pães, comia frutas, tomava vinho e assistia religiosamente ao pôr do sol e ao nascer da Lua, que crescia dia a dia enquanto as minhas pinturas tomavam forma.

Enquanto isso, modelava no barro esculturas de homem e mulher fodendo como animais, insuflando-lhes vida com meu hálito divino.

Concluí a obra quando a Lua cheia em Capricórnio se uniu à minha Lilith natal no signo da montanha, na casa 5 do meu mapa astral. Na cabana lá em cima, eu me encontrava forte e madura: mulher, viva.

Permaneci na cabana após terminar o trabalho, não voltaria para a cidade até que a Lua fosse nova outra vez e eu pudesse começar uma nova história.

Lá no alto da montanha eu dormi, me alimentei, me energizei. Descobri que a rotina de acordar e me banhar na cachoeira é a que revigora meu ser.

E que ouvir os pequenos sons da mata e dos pássaros a qualquer hora do dia e da noite me deixa desperta.

E que bailar pelo cosmos e pegar o pincel a qualquer inspiração é a minha força.

Comer o que a terra me oferece, reverenciar a escuridão e me entregar ao silêncio do sono.

Usufruí do tempo livre da natureza. Integrei as transformações ocorridas em mim e abandonei minha antiga casca.

Nesses dias eu aproveitei para ensaiar passos e gestos mágicos para a minha performance de dança e ler mais sobre Lilith. Até que me deparei com a seguinte conclusão:

"É Lilith o obscuro espelho que profetiza."

Agora, sim, eu estava pronta para encarar você.

Foi com certa apreensão que abri o computador depois de tanto tempo desconectada da virtualidade.

Era como se dali sempre pudesse saltar um bicho e me morder. A cautela era prudente.

Havia tantos *e-mails* e notificações de mensagem que provavelmente passaria a semana seguinte tentando dar conta de tudo. Embora a minha vontade fosse a de mandar um foda-se pra tudo aquilo.

Mas nem precisei procurar por nenhuma informação sobre você. A sua mensagem saltou aos olhos no meio de todas as outras.

"Esperando dia e noite pelo seu retorno."

Como é que se expõe sua arte para o mundo?

Era o que eu precisava descobrir com mais urgência no meu retorno à urbe, agora que todo aquele material tinha vindo à luz.

Preparei meu portfólio e entrei em contato com galeristas e *marchands* que pudessem representar a minha obra.

A minha obra deixou algumas pessoas intrigadas. A reação dos galeristas a princípio foi diferente do que eu esperava: as pessoas não sabiam se gostavam ou não daquelas imagens. Algo nelas provocava uma certa repulsa, embora fossem belíssimas. Mas não obedeciam a nenhum padrão, eram realizadas com um grau de liberdade e estranheza um pouco radicais.

Senti que as pessoas hesitavam em apostar naquele trabalho marginal. Estávamos vivendo um tempo de censura da nudez e da verdade. Mas fazer o quê, se essa é a verdade de Lilith? Eu só a representei.

Foi difícil. Por mais satisfeita que estivesse de ter concluído essa missão criativa, ainda tinha a insegurança de principiante. Receava que as obras fossem medíocres e me constrangessem. Será que esse medo passa um dia, mesmo depois que você se torna um artista consagrado?

Até alguns amigos olharam desconfiados para as minhas telas, o que quase me desanimou. É foda não ter a validação das pessoas próximas, ainda mais quando se está começando.

Mas, afinal, que importa a validação dos outros pra Lilith?

Eu tinha que levar aquilo até o fim porque senão a minha vida perderia o sentido de vez. Não havia a possibilidade de não viver a minha recém-descoberta verdade. Imagina só, depois de tudo o que eu tinha passado!

Enfim eu havia me encontrado.

Por isso logo tratei de superar aquele temor incapacitante do fracasso e me lembrar da magia que havia criado aquela obra.

Como?

Eu me olhei no espelho outra vez.

E a faísca que fulgurou nos meus olhos foi o suficiente para acender a chama na base da minha coluna.

Eu sabia fazer fogo e isso era o máximo.

Que poder absoluto o da vontade de viver o seu próprio destino.

De madrugada recebi a foto de um cachorro vira-lata com a seguinte mensagem:

"Sinto seu cheiro, você já não está tão longe."

Com uma postura madura e autoconfiante como a que jamais tive, cheguei à galeria daquela que se tornaria a minha representante oficial e que teria papel fundamental na minha realização no mercado das artes.

— Vim apresentar o meu trabalho. Tenho certeza de que você é a mulher certa pra compreender e projetar essa obra no mundo.

Athina era o seu nome. De ascendência grega, era uma mulher elegante no alto de seus 50 e poucos anos, que me olhou com uma curiosidade vivaz por trás dos óculos estilosos de armação preta de gatinha.

Mostrei-lhe o meu portfólio, que ela folheou com surpresa. A cada imagem, levantava o olhar para mim, como se tentasse decifrar de onde vinha aquilo tudo.

Até que disse:

— Mas isso aqui é... fabuloso.

Deve ser porque era uma geminiana, signo com o qual o meu Sagitário pode estabelecer uma dinâmica inteligente e produtiva. E porque sua Lilith em Câncer complementava a minha com o toque maternal que até então eu negava, mas que precisava para me sentir acolhida. E a sua Lua em Libra, de um senso estético inquestionável, também oferecia harmonia para minha fúria.

Mas o que importava era que ela tinha os contatos mais importantes do universo e podia somar forças comigo.

— O que você fez aqui é bruxaria. É primitivo, animalesco e magnético. Muitos símbolos. Essa escrita hieróglifa é fantástica. A imagem do feminino é divina, aterrorizante e ao mesmo tempo admirável. Os traços, as cores, a sombra que é iluminada. Potência dionisíaca. Tudo provoca um impacto profundo, uma linguagem que fala diretamente ao inconsciente e que chama a libido, provoca uma excitação incômoda e desejável.

E estendeu a mão para selarmos a parceria:

— Duas mulheres juntas são ainda mais poderosas.

Enquanto eu galopava de ansiedade e excitação pra lá e pra cá com a organização da minha primeira *vernissage*, você apareceu rondando a minha vizinhança. E me esperou na esquina de casa, como nos velhos tempos.

— Você já esperava por mim.

— Não posso dizer que desconheço seus métodos — respondi séria.

Entre nós ainda corria uma eletricidade visceral. Era impressionante o quanto você ainda mexia comigo.

— Será que estamos nos comunicando por telepatia? — perguntou.

— Você se anunciou com suas últimas mensagens — respondi com ceticismo.

— Onde você esteve esse tempo todo?

— Como você sabe que eu estava fora? Ficou vigiando a minha casa?

— Senti a sua distância.

— Só porque eu parei de tentar me comunicar com você?

Você ficou em silêncio, olhando fundo nos meus olhos. Eu podia ver o reflexo dos meus relâmpagos nos seus.

— O que você está fazendo aqui, afinal? — perguntei.

Você refletiu antes de responder, sem tirar os olhos dos meus.

— Eu queria ver como você está agora.

Ouvi isso e alguma coisa se encaixou dentro de mim, mas eu ainda não sabia o quê. Respirei fundo. A nossa conversa não ia passar daquele ponto, naquele momento.

— Estou bem, João. Mas agora eu preciso ir.

E segui andando, deixando você ali no meio da rua sem explicação.

Mas é claro que fiquei curiosa para saber qual era a sua intenção.

Talvez aquilo não passasse de um blefe seu, tentando jogar com a possibilidade da minha saudade. Com tudo que havia acontecido entre nós, é natural que eu desconfiasse de você.

Resolvi acessar as suas redes sociais novamente. E as dela. Queria verificar se você não havia se desentendido com ela e por isso estava atrás de mim.

O que descobri foi que o disco dela havia sido lançado, havia feito um *show* de lançamento com a sua participação no Rio e outro em São Paulo. E só. Nenhuma nova programação anunciada, por enquanto. Todos sabemos o quanto é difícil para uma mulher alavancar o seu trabalho, não é?

O seu trabalho prosseguia em sua programação normal, com alguns *shows* na medida do possível. Afinal você, homem, sempre gozava de melhores oportunidades.

Fora isso, as postagens de ambos me pareciam desprovidas das segundas intenções de antes.

Tão logo averiguei tudo o que era possível nas redes sociais, me desconectei. Que importância tinha aquilo, agora?

É que eu estava gostando muito da minha liberdade.

Eu me sentia como a bailarina hermafrodita do arcano O Mundo, dançando numa guirlanda-vulva aberta para o infinito, inteira em mim mesma.

Oh Lilith. A exilada.

Diz o mito que ela se refugiou em uma caverna no Mar Vermelho.

Eu digo que ela encontrou seu próprio Paraíso.

— Você conseguiu.

Minha tia olhava orgulhosa para minhas telas, uma a uma, enquanto comentava suas percepções.

— Eu sempre soube que você conseguiria. É corajosa demais pra desistir de qualquer coisa enquanto não tiver vencido. É fogo demais no seu mapa pra que se destrua. Você é muito criativa e se reinventa. Infinitamente se alimentando das sombras pra gerar luz, a pressão que forja diamantes. Você compreendeu a magia da sua Lilith.

Lágrimas brotaram nos meus olhos sem que eu pudesse contê-las. Abracei-a cheia de gratidão. Que bênção poder contar com a orientação de uma tia pisciana intuitiva e generosa.

Foi quando me lembrei de um detalhe mal resolvido.

— Mas e quanto ao meu coração? Não tenho vontade de me relacionar com ninguém agora... estou tão envolvida comigo mesma, numa onda de autoamor tão intensa.

Ela me olhou como se dissesse "será?".

— Você não tem apenas Lilith no mapa astral – ela interrompeu minha frase. — Você tem também a Lua, que necessita de vínculos íntimos, e Vênus, que deseja e seduz.

— Oh, estou perdida com uma Lua em Escorpião possessiva e uma Vênus em Sagitário exagerada — brinquei.

— Bem, você descobriu que a força de Lilith é a Kundalini, não é? E assim se empoderou da sua criatividade, agora está assumindo sua natureza profissional. Mas a competência é apenas parte da sua personalidade. Lilith anseia por igualdade em um relacionamento: um amor maduro e de admiração mútua. Você não aceitaria uma pessoa fraca como companheiro. Agora é apenas uma questão de tempo pra encontrar o seu *animus*.

Oh sim, o *animus*. Segundo o criador da Psicologia Analítica, Carl Gustav Jung, o inconsciente dos homens possui uma expressão feminina – a *anima* – e o das mulheres, uma expressão masculina – o *animus*. Isso significa que temos em nosso próprio psiquismo, em uma camada mais profunda que o nível consciente, um inconsciente contrassexual, de qualidade oposta à que expressamos, como uma complementação. Esse seria o domínio da alma. A nossa integridade psíquica é composta tanto de *yin* quanto de *yang*, ou seja, das duas forças, ativa e receptiva, interna e externamente. É por isso que podemos nos expressar como bem entendermos, ora de um jeito mais feminino, ora de um jeito mais masculino, às vezes tudo junto e misturado, independentemente de termos um corpo de homem ou mulher – não se trata de gênero, que aliás nem existe no mapa astral, mas sim da natureza do nosso desejo e por isso toda forma de amor é amor. E é através do amor que nos tornamos inteiros: buscamos no ser amado a energia que está dentro de nós. A esse casamento psíquico, Jung chamou de *mysterius coniunctionis*, ou união mística, um processo análogo à alquimia.

Ela continuou:

— Ana, nós temos que viver com integridade. Lilith é um aprendizado necessário de autonomia e autorrespeito. Mas o que ela nos ensina é a potência do amor. E se você gerou essa obra foi porque vislumbrou o amor. A magia não acontece sem a união entre feminino e masculino dentro de nós, assim como a Kundalini ascende da Terra para o Céu e descende do

Céu para a Terra. Temos o Universo dentro de nós. A serpente diz para Eva comer o fruto proibido junto com Adão porque eles precisavam cair juntos, crescer juntos e criar juntos. Quando integramos o nosso *animus*, estamos prontas pra amar.

Isso me lembrou do mago que apareceu no meu sonho. Seria ele o meu *animus* aparecendo pra mim?

A galeria lotou de artistas, compradores e apreciadores de arte e de amigos.

Então tudo passa, o tempo é o melhor remédio. Para que alimentar uma discórdia eterna? Pude confirmar isso quando Miguel chegou à exposição.

Chegou de mansinho, acompanhado da mulher. Quando o vi, senti um frio na barriga. Mas vendo-o acompanhado, compreendi que estava tudo bem.

A apreensão era um misto de dor – afinal o que eu tinha vivido com ele também estava naquelas obras – e amor pela chance de reparação.

Ele me deu um abraço tão carinhoso que afundei meu rosto em seu colo pra esconder os olhos marejados. A mulher dele sorria afetuosamente, sem a menor sombra de ciúme.

Ele disse que estava feliz por mim. Que sabia o quanto pintar era importante pra mim, mas que não sabia que eu produziria uma obra tão surreal.

— Nem eu – respondi, rindo.

Era reconfortante ter, finalmente, o seu perdão. O sentimento fraterno, maior que o desejo sexual que um dia houve entre nós e a decepção que nos separou. Apesar do triste fim, o nosso romance foi verdadeiro. Sentíamos gratidão pela nossa história.

Ele me apresentou à mulher, que também me abraçou e disse que era um prazer me conhecer.

— Já ouvi falar muito de você...

Sorri, segurei sua mão e disse:

— É um prazer ainda maior pra mim conhecer você, acredite.

Deixei-os à vontade para visitar a exposição, um garçom passou e agarrei uma taça de espumante. Uma amiga chegou perto e comentou:

— Nossa! O mundo gira, não é mesmo?

E eu respondi:

— Ainda bem.

Chegou na hora em que eu ia fazer minha performance, vestia um casaco cujo capuz cobria a cabeça.

Entrei em cena e veio caminhando na minha direção. Parou na minha frente e baixou o capuz. Seus olhos faiscaram o brilho que eu reconhecia todos os dias no espelho.

Minhas pernas tremeram.

Com o coração aos pulos, comecei a dançar ao som dos tambores que anunciavam a erupção.

Com meu pensamento acendi uma fogueira e a sala toda se iluminou.

Ao redor do fogo entrei em êxtase com a força do meu ventre.

Fiz a terra tremer sob nossos pés. Todo mundo despertou em chamas.

Logo a galeria estava tomada de pessoas que dançavam nuas como num ritual bacante.

Ao centro estava eu, enroscada na serpente que me revelou o segredo da vida.

Dancei até o mundo acabar e não haver mais nada naquela sala além de nós dois.

Ofereci a maçã.

O texto deste livro foi fixado conforme o acordo ortográfico vigente no Brasil desde 1º de janeiro de 2009.

EDIÇÃO Isa Pessoa
CAPA E PROJETO GRÁFICO Amanda Cestaro
FOTO DE CAPA Vitória Sanches
PREPARAÇÃO Claudia Vilas Gomes
REVISÃO Nana Rodrigues
ASSISTENTE DE EDIÇÃO Ana Clara Cornelio

1ª edição, 2019

Dados Internacionais de Catalogação na Publicação (CIP)
(Câmara Brasileira do Livro, SP, Brasil)

Mello, Maína
Efeito Lilith / Maína Mello. -- São Paulo : Tordesilhas, 2019.

ISBN 978-85-8419-094-2

1. Astrologia - Ficção 2. Ficção brasileira I. Título.

19-26160 CDD-B869.3

Índices para catálogo sistemático:
1. Ficção : Literatura brasileira B869.3
Iolanda Rodrigues Biode - Bibliotecária - CRB-8/10014

2019
Tordesilhas é um selo da Alaúde Editorial Ltda.
Avenida Paulista, 1337, conjunto 11
01311-200 – São Paulo – SP
www.tordesilhaslivros.com.br

/tordesilhas /tordesilhaslivros /etordesilhas

Este livro foi composto com as famílias tipográficas
Garamond para os textos e Airplane para os títulos.
O miolo foi impresso sobre papel norbrite 66 gramas
para a Tordesilhas Livros, em 2019.